影灯笼

[日] 芥川龙之介 著

谢银萍 译

重庆出版集团 重庆出版社

图书在版编目（CIP）数据

影灯笼 /（日）芥川龙之介著；谢银萍译. — 重庆：重庆出版社，2023.6
ISBN 978-7-229-17620-4

Ⅰ. ①影… Ⅱ. ①芥… ②谢… Ⅲ. ①中篇小说－小说集－日本－现代②短篇小说－小说集－日本－现代 Ⅳ. ① I313.45

中国国家版本馆 CIP 数据核字（2023）第 078368 号

影灯笼
YINGDENGLONG
[日] 芥川龙之介　著　谢银萍　译

丛书策划：李　子
责任编辑：李　子　彭昭智
责任校对：杨　婧
装帧设计：荆棘设计
版式设计：侯　建

重庆出版集团
重庆出版社 出版

重庆市南岸区南滨路 162 号 1 幢　邮政编码：400061　http://www.cqph.com
重庆天旭印务有限责任公司印刷
重庆出版集团图书发行有限公司发行
E-MAIL:fxchu@cqph.com　邮购电话：023-61520646
全国新华书店经销

开本：787mm×1 092mm　1/32　印张：9.5　字数：180 千
2023 年 8 月第 1 版　2023 年 8 月第 1 次印刷
ISBN 978-7-229-17620-4

定价：45.00 元

如有印装质量问题，请向本集团图书发行有限公司调换：023-61520678

版权所有　侵权必究

世之助的故事 1

毛利老师 15

魔笛与神犬 37

开化的丈夫 52

橘子 79

圣·克里斯朵夫传 86

沼泽地 108

龙 113

疑惑 129

于连·吉助 149

妖婆 155

路上 211

世之助的故事

上

朋友：话说我有一事想请教。

世之助：何事？如此客气。

朋友：说来今日和平日不一样。你近期要从伊豆的一个什么港口乘船去女护岛①，今天是你的饯行宴。

世之助：是啊。

朋友：所以，这话要是说出来怕是会扫大家的兴致。而且在太夫②面前，我也感到些许的惶恐。

世之助：既然如此，不说便是。

朋友：可是，不说不行呀。要是能不说，我一开始就不会提了。

世之助：那你就说吧。

朋友：这也不是随便就问得出口。

世之助：为何？

朋友：不管是对我还是对你，都不是什么好事。不过，你就要出发了，我这才下定决心问你。

世之助：到底是什么事？

朋友：嗯，你觉得会是什么事？

世之助：你这个人真会吊人胃口。话说到底是什么事？

朋友：哎呀。你这么主动，我反而难以启齿了。

---

① 日本传说中的地名，岛上只有女性居住。
② 江户时期官方准许的最高级别妓女。

其实就是——前段时间我读西鹤①的书,说你七岁开始就知道女人了……

世之助:喂、喂,你该不会有什么意见吧。

朋友:没关系,大叔你还年轻得很。——那么,到如今六十岁,和三千七百四十二个女人有过鱼水之欢……

世之助:你这家伙说话毫不留情面啊。

朋友:和三千七百四十二个女人有过鱼水之欢,玩弄过七百二十五个少童,这是真事吗?

世之助:真事。虽说是真事,但也请你说话嘴下留情。

朋友:我有点不相信。就算是你,三千七百四十二个女人也太多了。

世之助:嗯,好吧。

朋友:虽然我很敬仰你,但是吧……

世之助:那你就随意打折扣吧。太夫正在笑呢。

朋友:甭管太夫笑不笑,你就这样糊弄我可不行。

---

① 井原西鹤(1642—1693),日本江户前期的俳句诗人、浮世草子作家。

坦白从宽，不然的话——

世之助：要灌醉我吗？那可不行。这不是什么难事。只是，我的算法和你的有点不一样而已。

朋友：哈哈，那是不是位数差一位呢？

世之助：不是。

朋友：那——喂，到底谁才是吊人胃口的男人？

世之助：话说回来，你也关心这些无聊的事啊。

朋友：不是关心。我不也是男人嘛。如果不搞清楚要打几折，哪怕被砍头我也决不罢休。

世之助：真拿你没办法。既然如此，作为临别礼物，我告诉你我的算法吧。喂，加贺小曲①先别唱了。把那有祐善画的扇子拿过来。还有，谁过来把蜡烛的灯芯给挑亮一点？

朋友：你架势好大啊。这么安静下来，总觉得连樱花也觉得冷。

世之助：那么，我就开始了。当然只是举一个例子，所以请各位见谅。

---

① 由宇治加贺掾创始的净琉璃派别。

中

　　话说这已经是三十多年前的事了。我第一次下江户的时候，记得是从吉原①回去的路上，带了两个帮闲，乘船过角田川。现在已经记不清是哪个渡口了，也忘记了当时打算去哪里，但是，唯有那时的情形至今仍朦胧地浮现在眼前。……

　　那是在樱花时节，天气阴沉的午后，沿河一带放眼望去都是令人百无聊赖的景色。水面也泛着昏暗的光芒，对面河岸的家家户户仿佛朦胧的梦境般存在。回头望去，河堤上的松树间，樱花半开，好似抹上了厚实的油画颜料。而那耀眼的白色，则显得格外沉重，再加之不合季节的暖和气候，只要稍微动下身子，全身立刻就汗津津的。当然，在这样暖和的日子里，水面上没有一丝喘息声般的微风。

　　船上还有三位同乘人：一人是采耳师，像是从国姓爷②木偶戏里跑出来的；一人二十七八岁模样，刮了

---

① 江户时期曾大规模存在的官许的烟花巷。
② 近松门左卫门创作的人形净琉璃《国姓爷合战》。

眉毛，是商人的妻子；另一人是这个妇人的随从，流着鼻涕的童仆。大家蹲在船舱中间的地方，膝盖互相挨在一起，因为摆渡船实在太小了，十分拥挤不便；又加之人太多，船舷几乎贴着水面。然而艄公满不在乎，这冷淡的老头戴着竹斗笠，灵活地左右划动着船篙。船篙上的水滴还不时地打在一行乘客的袖子上，但艄公对此也视而不见。——不，满不在乎的还有其他人。是那长相好似甘辉①的采耳师，穿着奇怪的唐装，戴着有鸟羽的帽子，肩上插着招牌旗帜，一副要登上狮子城楼的样子，占据了船头。从船一开动，他就捋着假胡须不停地哼着小曲。他眉毛淡，下唇突出，一脸傲慢，煞有介事地摇晃着脑袋，兴致高昂地唱着"山谷堤防下，弃儿无人领"。对此，不仅是我，连两个帮闲的也都有些忍受不了的样子。

"还是第一次听唐人的《四特天小调》②。"其中一个帮闲啪啪地打着扇子，毫无兴趣地说道。我对面的妇人大概听到了这句，她瞟了一眼采耳师，又马上

---
① 甘辉是《国姓爷合战》中的狮子城城主。
② 此处为音译。

回头看向我，露出黑牙齿①，亲切地笑了起来。她的嘴唇间微微露出黑色的光泽锃亮的牙齿，右脸颊上有一个浅浅的酒窝，嘴唇上好像抹了口红。看到这些，我忽然莫名地感到惊慌失措，好似做坏事被发现了，一种羞耻感涌上心头。

光是这么说，可能大家会觉得摸不着头脑。说来我从坐上这艘船时就有这种感觉。——我们最初从堤防上走下来，扶着不牢固的木桩好不容易上了船。由于下脚不稳，船舷吃水线下沉，船身剧烈地晃动。就在这时，一股沉香发油味扑鼻而来。船里有女人——当然我从堤防看向河面时就已经知道了。但是，有女人在这事并没有让我有什么特殊的感觉（也是因为刚从妓院回来）。所以，当闻到沉香发油的香味时，我首先感到意外，在意外之后又立刻感受到了一种刺激。

虽说只是香味，可绝不能小看，至少对我而言，很多事都奇怪地与嗅觉相关。简单地说就是孩童时的心情。我去学习字的时候经常被调皮的孩子欺负。如

---

① 古代日本已婚妇女的象征。

果告诉老师，我会害怕事后的报复，于是我强忍着泪水，拼命地在习字本上涂鸦。这种时候寂寞、无依无靠的心情在我成年后都忘记了，或者即使想回忆也记不起来。而只要闻到臭烘烘的油墨味，那种心情又随时会重现。就这样，我得以再次重温儿时的喜悦与悲伤。——这是题外话了。我只想告诉你们，那个沉香发油的香味突然将我的注意力转向那个妇人。

我回过神看了对方，是个微胖的女人，她身着上等黑色丝绸窄袖便衣，下摆微微露出红色里衬。然而，不论是丝绸条纹腰带系的结，还是一对插在细绳扎着的岛田发髻上的梳子，都很妖艳美丽，完全不像是外行人。她的脸蛋就西鹤所说的"当今之世喜欢的圆脸，肤色浅红如淡樱"，然而"五官齐全"却不够分明。胭脂下依稀可见少许的雀斑。嘴型和鼻子也不够端正。好在发际线生得好，因而其他缺点倒也就不那么显眼了。我昨晚的宿醉顿时就清醒了，坐在了那妇人的旁边。就坐下来的这当儿还有故事。

我的膝盖碰到了对方的膝盖。我穿着淡黄色绉绸的窄袖便衣，里面应该是纯红的贴身衬衣。即便如此，我还是感觉碰到了对方的膝盖。我感觉到的不是穿着和服的膝盖，而是肉体的膝盖。软软的圆圆的膝盖骨上，有浅浅的膝盖窝，那里积攒着薄薄的脂肪。——我能感受到她的膝盖。

我任由自己的膝盖和对方的碰在一起，一边与帮闲们说些无心的玩笑，一边心里像是有所期待，身体一动不动。当然，这期间沉香发油与京都上等胭脂的气味阵阵扑面而来。过了一会儿，这次对方的体温传递到了我的膝盖。我实在无法形容那时产生的类似发痒的战栗感。我只能用自己的动作去诠释。——我轻轻地合起眼睛，张大鼻孔缓缓地深呼吸。这一切只能让你自己去揣摩。

然而，这种感观上的刺激又立刻唤起了理智的欲望。我有了这些疑问：对方的心情是否和我一样呢？是否也有同样的感官上的快感呢？于是，我抬起头故作镇静，目不转睛地注视着她的脸。可是，我这临阵磨枪的假镇静很快遭到了背叛。因为，对方妇人那微微冒汗的脸上，肌肉有些松弛；嘴唇微微颤抖，像是在寻找可以喝的东西。这明显是肯定了我的想法，而且，她知道我的心情，并对此有种满足感，连这都能让我看得出来。我有些不安，难为情地回过头看向帮闲那边。

"唐人的《四特天小调》可是第一次听到。"

帮闲说这话正是这个时候。所以，我的目光和听到采耳师的哼唱笑了起来的妇人不期而遇，并感到一种羞耻并非偶然。当时我认为那种羞耻是针对妇人的，后来一想，实际上是对妇人以外的其他人感到羞耻。不，这么说还是有语病。是人在这种场合对所有的旁人（这时也包括这个妇人）感到的羞耻。当时，我虽抱有这样的羞耻感，却对妇人逐渐大胆起来。你难道这也不明白吗？

我尽可能地让全身所有的感觉都敏锐起来，就像品香人一样，"鉴赏"着眼前的女人。这是我对几乎所有女人都会做的事，以前应该也和你说过。我欣赏着女人脸上微微出汗的皮肤，品味着那皮肤散发的气味，接着鉴赏她那反应出感觉与感情微妙交错的水灵灵的眼睛，然后玩味她面色红润的脸颊上微微颤动的睫毛影子；还有搭在膝盖上嫩滑的纤纤十指交叉的姿态，从膝盖到腰间丰满有弹力的丰盈体态。还有——

这么说下去要没完没了，就此打住吧。总之，我全方位地品味了那个妇人的身体。我说"全方位"，并不为过。感观力无法企及的地方我用想象力弥补，或者还加以推理。我的视觉、听觉、嗅觉、温觉、触觉——不管是哪个，这个妇人都能让我满足。不，甚至使我有超越这些的满足感。

"别落下东西了。"然后，我听到了她的声音。与此同时，我看见了在此之前没能见到的她那纤细的喉咙。

不言而喻，那带着鼻音的娇媚声和胭脂些许斑驳的消瘦的喉咙给了我几分刺激。但是，与此相比，更让我心动的是她回看童仆时传递到我膝上的她自己膝盖的动作。我方才说已经感受到了她的膝盖，但这次不止这样。她膝盖的一切——膝盖的肌肉与关节，像是舌尖尝试着柑橘的果实和果核般，我都可以一一感觉到。毫不夸张地说，黑色丝绸窄袖便衣对我而言等于没有。如果你知道接下来发生的事，你也就不会不认同了。

不一会儿，渡船到达了栈桥。船头完全停靠木桩后，采耳师第一个跳上岸。我趁机假装因船身晃动而失去平衡（上船时也这样，我认为这很自然），踉跄着将手放在扶着船舷的妇人的手上。这时，帮闲撑住我的腰，我说了句"对不起"。你认为当时我是何种心情？我预想着这次的接触会产生强烈的刺激，甚至觉得我以往的经验怕是会得到最后的完成。可是我的预想完美地落空了。当然，我感觉到了光滑，莫不如说冷淡的手感和柔软有力的肌肉的抵抗。但是，这只不过是重复过往的经历罢了。同样的刺激，次数越多力度越小。更何况我当时期待已久。我心情凄凉，静静地拿开自己的手。如果我以前的经验没能完全鉴赏这个妇人的身体的话，那怎么才能解释这种失望呢？我从感觉上了解了这个妇人的全部。——我只能这么想了。

另外，从下面这件事的角度来看也可以理解。就是我在内心比较昨日相好的吉原太夫和眼前的妇人：一人是共度一宿彻夜长谈的，一人不过是短暂的时间之内同乘一条船，但是这差别仅一寸皮肤的距离就没有了。谁给我的满足感更多，几乎无法分辨。因此，我的怜惜（如果有的话）完全是等同的。我的心情就像是右耳听着江户三味线琴声，左耳听着角田川的水声。而这两者仿佛演奏着同样的曲调。

总之这对我而言是个发现。然而，没有比发现更让人感到寂寥的了。在樱花时节的阴日里，青色眉头的妇人带着小学徒，跟在采耳师的后面扭腰摆臀，蹑足而行走过栈桥。我看到此情景时感到无以言状的寂寞。当然我并非爱恋她，只是从她没有拿开被我摸到的手就可以知道，她的心情大致和我一样。……

什么？吉原的妓女？妓女和这个妇人完全相反，是个身形瘦小像木偶一样的女人。

下

世之助：就先说这么个大概吧。自那以后，这类女人也计算在有过关系的人之内，因此合计与男女四千四百六十七人有过关系。

朋友：的确，这么听来似乎很有道理。可是……

世之助：可是什么？

朋友：可是，这不是令人不安的故事吗？如此一来，谁还会轻易让老婆和闺女出门。

世之助：不管太不太平，这是真事，所以也没办法。

朋友：这么看来，政府或许会颁布禁止男女同席的法律。

世之助：若是最近这样子，估计很快就会颁布。不过，那时我已经在女护岛了。

朋友：真羡慕你。

世之助：不管在女护岛还是在这儿，都没什么两样。

朋友：按照你刚才的算法，确实如此。

世之助：反正都是虚无缥缈的梦幻。好了，让我们接着听加贺小曲吧。

大正六年（1917）四月

毛利老师

年末的某日傍晚,我和评论家友人一起,沿着丸之内官厅街道一带,在光秃秃的垂柳林荫道下,朝神田桥方向走去。在我们的左右侧,曾被岛崎藤村[①]愤慨

[①] 岛崎藤村(1872—1943),日本小说家。

道"要再昂起首挺起胸来走路"的下级官吏模样的人们在夕阳余晖下迈着踉跄的步伐。他们或许都不约而同地抱有同样忧郁的心情，始终无法排解。我们穿着外套肩并肩，稍稍加快了脚步，在穿过大手町①车站之前，几乎没有任何交谈。这时，我的批评家友人瞥了一眼红柱子下等电车的行人们哆嗦的身姿，忽地打了一个寒颤，自言自语地嘀咕道："我想起毛利老师了。"

"毛利老师是谁？"

"我中学时代的老师。还没有和你提起过吧。"

我没有说"不"，取而代之的是沉默不语地压低了帽檐。接下来所写的，就是当时那位友人边走边说给我听的有关毛利老师的追忆。

大概十多年前，我还在东京府立中学读三年级时的事。教我们年级英语的名叫安达的年轻教师，因患流感引起的急性肺炎，在寒假期间病故了。事发突然，所以都没有时间物色合适的继任老师，作为穷极之策，

---

① 日本行政划分单位之一，位于市与村之间。相当于中国的街市、街道。

临时请了任职某私立中学英语教师、名叫毛利老师的老人，来接手安达老师此前的课程。

我第一次见到毛利老师就是在其就任当天的下午。我们三年级的学生按捺不住迎接新老师的好奇心，从走廊传来老师的脚步声起，就保持前所未有的肃静，等待上课。脚步声停在没有阳光的阴冷的教室外面，随后门开了。——啊，我现在和你说起来，当时的光景仍然历历在目。开门进来的毛利老师，给人第一印象便是他那矮个子，让人想起了常在庙会上玩杂耍的小丑男，但是，从这种感觉中夺去暗淡色彩的，是老师那甚至可以用美丽来形容的光溜溜的秃头。虽然他的后脑勺仍然残存丝丝华发，但大部分和博物课教科书上画着的鸵鸟蛋别无二致。最后，让老师风采超群的是那奇怪的晨礼服，名副其实，古色苍然，差点让人忘记其原先应是黑色的。老师那微脏的翻领下面，庄严地系着一条极其花哨的紫色领带，宛如展翅的飞蛾。我甚至还保留着这令人惊讶的记忆。因此，在老师走进教室的同时，从各个角落里发出不期而然的憋笑声，这自然没什么奇怪的。

不过，毛利老师抱着教科书和点名册，宛如眼中看不见学生似的，不慌不忙地走上高出一阶的讲台，答谢我们的敬礼后，那老好人模样且气血不足的圆脸上露出和蔼可亲的微笑。他用尖锐的声音招呼道："诸位！"

我们在过去的三年，从未从这所中学的老师们那里受到"诸位"的待遇。因此，毛利老师的这声"诸位"，自然让我们大家不由得刮目相看，惊叹不已。同时，我们屏住呼吸期待着，既然开口说了"诸位"，那之后应是当前授课方针之类的长篇大论吧。

但是，毛利老师说了"诸位"后，环视教室一周，许久缄口不语。尽管老师肌肉松弛的脸上浮现从容的微笑，但是嘴角边的肌肉却在神经质般跳动着，神似家畜的开朗表情，还频繁闪烁着不踏实的视线。虽然他嘴上没说，但好像有事想恳求我们大家似的，而且遗憾的是连老师自己也不清楚那是什么。

"诸位。"不一会儿，毛利老师用同样的调子重复道。然后像是要捕捉大家对这声"诸位"的反响似的，慌慌张张补充道，"今后就由我来教诸位《标准文本选读》①。"

我们的好奇心越发强烈，鸦雀无声，热心地注视着老师的脸。与此同时毛利老师又露出了恳求的眼神，环视教室一圈，而后忽然像松了的弹簧一样坐到椅子上，随后在已经打开的文选教科书旁展开点名册看了看。他初次问候的唐突的结束方式，让我们非常失望，又毋宁说让我们感到异常滑稽，这恐怕无须多言了吧。

不过幸运的是，老师在我们笑出声之前，从点名册上抬起他温软如家畜的眼睛，立刻点了我们班级的一位同学，礼貌地在名字后加上了"君"。不用说是点名让他站起来译读课文。于是，那位学生站起来，用东京中学生特有的伶俐的语调译读了《鲁滨逊漂流记》中的一节。对此，毛利老师不时地摸着紫色领带，误译自不用说，连细微的发音问题都逐一认真地纠正。老师的发音非常做作，但大致正确清晰，老师自身似乎对这方面也很扬扬得意。

然而，等那个学生回到座位上，老师开始译读那

---

① 由J.T.斯威夫特校订的 *standard choice readers*，1902年2月钟美堂出版。

处时，我们当中失笑声再次此起彼伏。

这是因为，发音惟妙惟肖的老师，一旦翻译起来，竟说不出什么日语词汇，几乎令人难以相信他是日本人。或许他即使知道，临场也无法立刻回想起来吧。例如，哪怕只翻译一行，也是磕磕碰碰："于是鲁滨逊最终决定饲养。要说饲养什么，就是，那个奇妙的野兽——动物园里有许多——叫做什么来着——嗯，经常耍杂耍的——喂，诸位也知道吧。那个，红脸的——什么，猴子？对对，就是猴子。决定饲养那只猴子。"

连猴子都想不起来，更别说遇到稍微麻烦点的语句。他若不来回兜几个圈子，轻易想不到恰当的译词。每当这时毛利老师会非常狼狈。他不停地将手放到喉咙处，仿佛要把紫色领带扯掉，不知所措地抬起头，慌慌张张地看向我们；又立刻用双手压着秃头，把头埋在桌子上，羞愧难当，穷途末路。此时，老师那原本就矮小的身体，就像泄了气的气球，窝囊地蜷缩在一起，甚至给人感觉从椅子上耷拉下来的双脚都悬在空中。学生们看到后觉得很有趣，偷偷地笑起来。就这样，在老师反复译读两三次期间，那笑声越来越大胆，最后就连第一排的学生也公然哄堂大笑。我们那样的笑声让善良的毛利老师感到多么痛苦啊！实际上，如今想起那时刻薄的声响，连我自己都一而再地想捂起耳朵。

尽管如此，毛利老师仍然勇敢地继续进行译读，一直到响起课间休息的喇叭声。就这样，他终于读完最后一节，再次恢复之前的悠然态度，回答我们的敬礼，像是彻底忘记了刚才的惨痛恶斗，从容不迫地走出教室。紧随其后的是来自我们的狂风暴雨般的笑声，故意开合书桌桌面的声音，然后有些学生跳上讲台模仿毛利老师的姿势和嗓音表演起来。当时佩戴着班长袖章的自己，被五六个学生围住，扬扬得意地指出老师的误译，甚至这一事实我都回想得起来。而那些误译呢？实际上那时我毫无把握究竟那是不是误译，不过是耍威风罢了。

后来，三四天后的某个午休时间。我们五六个学生身着粗呢制服，聚集在器械操场的沙坑旁，后背沐浴着温暖的冬日阳光，七嘴八舌地谈论着即将来临的学年测试的消息。

这时，刚才和学生一起挂在单杠上的体重一百三十五斤的丹波老师大声喊着"一、二"，便跳进了沙坑。他穿着西服背心，戴着运动帽，出现在我们当中，问道：

"如何，这次来的毛利老师？"丹波老师也教我们年级的英语，但他出了名的爱好运动，加之擅长吟诗作赋，因此在那群讨厌英语的柔道、剑道选手豪杰中，也似乎威望颇高。听老师这么问，那群豪杰中的一人玩弄着棒球手套，说："嗯。不——怎么样。大家好像都说不怎么样。"他腼腆回答的样子，和平时的个性大不相同。于是，丹波老师用手帕掸去裤子上的沙子，得意地笑着说：

"连你都不如吗？"

"那肯定比我厉害。"

"那还有什么可抱怨的？"

豪杰戴着手套挠挠头，没出息地缄口不语。然而，这次我们年级的英语秀才扶正高度近视的眼镜，用不合年纪的口吻争辩：

"但是，老师，我们几乎都打算报考专门学校①。所以还是想请能干的老师教我们。"然而丹波老师依旧意气风发地大笑道：

"你这话！就一个学期而已，跟谁学都一样。"

"那毛利老师只教我们一个学期吗？"

这个问题好像击中丹波老师的要害。通达人情世故的老师刻意没有回答，他脱了运动帽，用力地掸去平头上的灰尘，忽然扫了我们一眼，巧妙地转移了话题：

"那是因为毛利老师是因循守旧的人，和我们稍稍不同。今早我坐电车，看到毛利老师坐在正中间。可是快到换乘站附近时，他喊道'乘务员、乘务员'。我觉得又好笑又难为情。总之，他就是个古怪的人。"要说毛利老师的这些方面，不用丹波老师说，让我们大跌眼镜的事数都数不过来：

"还有，听说毛利老师一到下雨天，就穿着西装、脚踩木屐来学校。"

"他经常挂在腰间的白色手绢里包的东西，是不

---

① 本文中指代中学以上的高等教育机构。

是毛利老师的便当呀？"

"有人说看到毛利老师抓着电车吊环时，他的毛线手套上都是洞。"

我们围着丹波老师，七嘴八舌、叽叽喳喳地说着这些不值一提的蠢事。也许被这些话给吸引住了，随着我们声音越来越大，丹波老师也显得兴致勃勃，他用指尖转着运动帽，不由得脱口而出：

"比起这些，那顶帽子可是老古董呢……"

就在这个时候，在器械体操场的对面，与我们仅隔着十步远的二层校舍的门口，不知怎的，毛利老师瘦小的身躯悠然地出现了，他戴着那顶古董圆顶礼帽，装模作样地把手放在那条紫色领带上。入口处，有六七个一年级学生模样的孩子，在玩骑人马的小游戏。他们一见到老师，争先恐后恭恭敬敬地敬礼。毛利老师站在照到门口石阶上的阳光下，好像举着圆顶礼帽微笑着答礼。我们看到这番光景后，到底是感到羞耻，热闹的笑声戛然而止，许久鸦雀无声。丹波老师不仅缄口不语，还惶恐不安，狼狈至极。"那顶帽子可是老古董呢"，他把话没说完的舌头稍微一伸，便利落地戴上运动帽，忽地转过身去，嘴里大声喊着"一！"穿着西服背心的肥胖身体冷不防地吊起了单杠，然后，将"单杠卷身上"的双腿一直向空中伸展；在喊到"二"时，已经娴熟地划破冬日的蓝天，轻轻松松地上杠了。丹波老师这个滑稽的遮羞动作当然让我们忍俊不禁。一瞬间，屏住呼吸的器械体操场上的学生们，仰望着单杠上的丹波老师，就像为棒球助威一样，哇的一声起哄，拍手叫好。

当然，我也和大家一起在喝彩。但是，在喝彩的过程中，有一半出于本能，我开始憎恨起单杠上的丹波老师。话虽如此，可也并不代表同情毛利老师。作为证据，当时我给丹波老师鼓掌，同时也包含了向毛利老师表达恶意的间接目的。如今剖析一下，那时我的心情或许可以这样解释，我既在道德上蔑视丹波老师，又在学力上一并蔑视了毛利老师。或许，我对毛利老师的蔑视，因为丹波老师的一句"那顶帽子可是老古董呢"而有了合理的证据，更加肆无忌惮。因此，我一边喝彩，一边越过高耸的肩膀，昂然地眺望着校舍入口的方向。

我们的毛利老师，像一只贪图阳光的冬日苍蝇一般，依然一动不动地伫立在石阶上，心无旁骛地关注着一年级学生天真无邪的游戏。他那圆顶礼帽和紫色领带在我们眼里瞧上去索性就是笑料，不知为何，那光景却时至今日都无法忘怀。……

就任当天，毛利老师因为他的服装和学力让我们产生的轻蔑感，自从丹波老师那次失策以来，终于蔓延到全年级中。于是，在那之后不到一周的某天早晨，又发生了一件事。那日，从前一日晚上开始一直在下雪，室内体育馆窗外向外延伸出去的屋檐上，满是积雪，都看不见屋瓦的颜色。而教室内，暖炉里红红的炭火烧得正旺。玻璃窗上的积雪，甚至都来不及反射淡蓝色的光，就融化了。毛利老师坐在暖炉前的椅子上，一如往常扯着尖锐的嗓音热心地讲解着《标准文本选读》中的《人生颂》。当然，屋里没有一位认真听讲的学生。非但没有，像我旁边的柔道选手，在书本下方打开了一本《武侠世界》[①]，他从刚才开始就一直在

---

① 押川春浪创刊的面向青少年的娱乐性综合杂志。

读押川春浪①的冒险小说。

大概过了二三十分钟，毛利老师忽然从椅子上起身，正好就着正在讲的朗费罗的诗歌，开始大谈人生问题。说了些什么，我一点都记不得了。与其说是议论，不如说是围绕老师生活的感想之类的。因为我依稀记得，老师犹如被拔了羽毛的鸟，不停地上下挥动双手，情绪激动地发了些牢骚：

"诸位还不理解人生，是吧！即使想理解也理解不了。正因如此，诸位是幸福的。到我们这把年纪，就能洞察人生。虽可洞察但苦闷的事也颇多。哎。苦闷的事多呀。就说我吧，有两个孩子。那不是得送他们上学。上学——嗯——上学——那学费呢？对，就得交学费。是吧，所以说苦闷的事多着呢。……"但是，对不谙世事的中学生，诉说生活艰辛——或者本无心诉说却已在抱怨的老师的心情，我们当然是理解不了的。比起这个，我们只顾着关注诉苦这个事实的滑稽的一面，在老师夸夸其谈时，不知是谁偷偷笑出了声。

---

① 押川春浪（1876—1914），日本小说家，以冒险小说而出名。芥川龙之介是其狂热的粉丝。

只是，那笑声并未变成往常的哄然大笑，因为老师寒酸的着装和扯着尖嗓子唠叨的神情，简直活脱脱再现了生活的艰辛，引发了几分同情。不过，我们的笑声虽然没有变大，但取而代之，过了一会儿，我邻座的柔道选手突然撂下《武侠世界》，如猛虎之势站起来。接着这样说道：

"老师，我们来上课是为了和您学英语。如果您不教英语，那就没必要来教室了。如果您还要继续说下去的话，那我现在就去操场了。"

说完，那个学生竭尽全力摆出一副不高兴的样子，气势汹汹地回到了座位上。我从未见过像那时的毛利老师般表情神奇的人。老师犹如被雷劈了，半张着嘴，站在暖炉旁呆若木鸡，盯着那个彪悍的学生的脸看了一两分钟。不一会儿，那温软如家畜的眼睛中有恳求似的表情一闪而过，突然他把手放在那条紫色领带上，秃脑门朝下点了两三下，脸上浮现出要哭似的微笑，不断地重复着同样的话：

"哎呀，这是我不对！是我错了，我郑重道歉。确实，诸位是为了学习英语才来上课的。那不教诸位英语就是我的不对。我错了,郑重道歉!哎,我郑重道歉!"暖炉的风口出来的红色的火光斜照在老师身上,他上衣肩部和腰部磨破的地方更加清晰可见。而老师每点一次头,他那秃脑门就会映射绝妙的赤铜色,更像鸵鸟蛋了。

可是,这可怜的光景,对当时的我而言,只认为是暴露了老师低劣的教师本性罢了。毛利老师不惜取悦学生,以避免失业的危险。因此老师教书是为生活所迫,并非对教育本身有兴趣。我依稀记得,自己这样大肆批判,不仅是对老师的服装和学力的轻蔑,甚至还是对其人格的侮辱。我双臂放在课本上托着腮,朝着站在燃烧旺盛的炉火前精神肉体都受到火刑的老师,几次发出狂妄的笑声。当然,并不只有我一个人这样做。事实上,让老师难堪的柔道选手,在老师惊慌失色地道歉时,稍稍回头瞥了我一眼,露出狡猾的笑容,又立刻读起了课本下面的押川春浪的冒险小说。

而后直到课间休息的喇叭声响起,我们毛利老师比平时更加语无伦次,一心一意地译读着值得同情的朗费罗。"Life is real, life is earnest……"那张气色差的圆脸上汗溶溶的,像是在不停地恳求着什么。老师朗读时哽咽在喉咙里的尖嗓音,至今都萦绕在我耳边。不过,那尖嗓音中潜藏的几百万命运悲惨的人的声音,刺激了当时我们的鼓膜,印象极其深刻。因此,在那段时间里,我们倦怠至极,像我这样毫不客气地打哈欠的人也不在少数。毛利老师瘦小的身体却笔直地站在暖炉前,毫不关心掠过玻璃窗的飞雪,那劲头好似头脑中的发条一下子松开了,不停地挥舞着书本,大声疾呼:"Life is real, life is earnest. Life is real, life is earnest……"

因为这样,一学期的雇佣期结束后,没能再见到毛利老师时,我们只是欢喜,绝不觉得惋惜。不,我们对老师的去留极其冷淡,甚至都没能高兴起来。特别是我自己对于老师的离开没有任何不舍,在那之后的七八年,从中学到高中,又从高中再到大学,随着长大成人,我甚至忘记了老师的存在这件事。

于是在大学毕业的那年秋天——说来却是十二月上旬左右,日暮西山且深雾弥漫的季节。那是一个雨后的夜晚,林荫道上的柳树与法国梧桐黄色的树叶在风中瑟瑟颤抖。我不厌其烦地在神田的旧书店淘书,入手了一两本第一次世界大战后急剧变少的德语书。我用外套的衣领挡住深秋夜晚的阵阵寒气，经过中西商店时，不知为何忽然怀念起热闹的人声和热乎乎的饮料。于是，漫无目的地一个人走进那里的一家咖啡厅。

可是，进去一看，狭窄的咖啡厅里空荡荡，一个客人的影子都没有。整齐排列着的大理石桌子上，只有白糖罐上的镀金冷冰冰地反射着灯光。我有种被谁欺骗了的感觉，内心寂寞，走到一张桌前的墙上镶着一面镜子的位子坐下。接着向前来点餐的服务台点了杯咖啡，像记起来似的掏出雪茄，划了好几根火柴才点着。过了一会儿，一杯热气腾腾的咖啡出现在我的桌上。即便如此，我低沉的心情犹如外面的雾霭，一时难以放晴。我刚才从旧书店买来的是字体很小的哲学书，在这里读上一页难得寻到的著名论文都很痛苦。于是，我别无他法，把头靠在椅背上，轮流品尝着巴西咖啡和哈瓦那雪茄，漫不经心地把举棋不定的目光投向眼前的那面镜子。

镜子里清晰而又冰冷地映射着通向二楼的楼梯侧面，对面的墙壁、白色的门、挂在墙上的音乐会的海报，它们就像是舞台的一部分。不，此外还可以看见大理石的桌子，也可以看到大型的针叶树盆栽、挂在天花板上的电灯、大型陶瓷煤气暖炉以及围坐在暖炉前不停地聊天的三四名服务员。就这样，我依次查点着镜子里的物象，直到目光企及聚集在暖炉前的那些服务员时，被他们围着、坐在桌子对面的一位客人的身影让我大吃一惊。刚才我之所以没有注意到，恐怕是因为他混杂在服务员当中，我下意识认为他就是这里的厨师什么的。我吃惊的不仅是凭空出现了一位客人，而且我一眼就认出他了。虽然镜子中只能看到客人的侧脸，但不论是那鸵鸟蛋似的秃头，还是古色苍然的晨礼服以及那条永远的紫色领带，一看便知他正是我们的毛利老师。

当我看到老师时，脑海中顿时浮现出与老师别离的这七八年岁月。曾学习英语选读的中学班长和现在在此鼻孔出烟的自己，对我自己而言，这段岁月绝不短暂。唯独在这位超越时代的毛利老师面前，就算是冲淡一切的"时间"长河也毫无办法。现在，在这个夜晚，与咖啡厅服务员相向而坐的老师，依旧是往日在那间夕阳都照不到的教室里教选读的老师。他的秃头也没变，紫色的领带还是一样，而且那尖嗓门也还在——老师此刻不也正扯着尖嗓子忙碌地向服务员们讲解着什么吗。我不由得笑了起来，忘记了低落的心情，专注地听老师的声音。

"喂。这个形容词修饰这个名词。嗯。拿破仑是人名，因此是个名词。明白了吗？再看这个名词，紧随其后的——这后面的是什么，你们知道吧，你来说说看。"

"关系——关系名词。"一名服务员磕磕巴巴地回答。

"什么？关系名词？没有所谓的关系名词。关系——嗯——关系代词？对，对，是关系代词。是代词，喂，所以可以替代拿破仑这个名词。嗯。代词就是替代名词的词。"

听他们的对话，毛利老师好像是正在向这个咖啡厅的服务员们教英语。于是，我稍微挪了挪椅子，换个角度又看了看镜子，果然他们桌子上放着一本打开的教科书。毛利老师不停地用手戳着那页，不厌其烦地讲解着。这点，老师也依然和以前一样。只是，站在周围的服务员们和当时的学生相反，大家的眼神求知若渴，肩挨着肩挤在一起，聚精会神地听着老师匆忙的讲解。

我眺望了镜中的景象片刻，脑海中渐渐地对毛利老师产生了一种温情。索性我也过去，和阔别已久的老师叙叙旧？不过，老师应该不记得那短短一个学期，只在教室见过面的我吧。就算记得——我一想到当时我们向老师投去的抱有恶意的笑容，便改变主意，觉得还是不自报姓名才更是对老师的尊敬。正好咖啡喝完了，我扔掉了雪茄烟头，默默起身。虽然我自认为动作很轻，但应该还是扰乱了老师的注意力。当我离开座位的同时，老师那气血不足的圆脸，连同那有些脏的西服翻领、那条紫色的领带一齐看向这边。就在这时，老师那温软如家畜的眼睛和我的眼睛，刹那间在镜中相遇。和我刚才预想的一样，老师的眼中果然没有浮现出与故人相遇的那种神色，只是，那一如既往的像是恳求什么似的心酸的眼神一闪而过。

我低着头接过服务员手里的小票，一言不发来到咖啡厅入口处的收银台结账。与我面熟、头发收拾整洁的服务员领班无所事事地在收银台待命。

"那边不是有人教英语？是咖啡厅请来的吗？"

我边付钱边问。服务员领班看着门外的大街，百无聊赖地这么答道：

"什么？哪是我们请的？只不过每晚都来，像那样教英语。听说是个老朽的英语老师，没有哪儿聘用他，多半是来这儿打发时间的。点杯咖啡，一坐就是一晚。我们还不太希望他来呢。"

听到这些，我脑海里突然浮现出毛利老师那不知在恳求何物的眼神。啊，毛利老师！事到如今我才对老师——才理解老师那令人敬佩的人格。如果有人天生就是教育家，那的确就是老师吧。对老师而言，教英语就如呼吸空气，须臾不可或缺。如果强行制止的话，他就会像失去水分的植物，老师旺盛的精力也会即刻萎靡。因此，老师被自己教英语的兴趣所驱动，特意每晚独自来这儿点上一杯咖啡。那当然不是服务员领班口中的为打发时间的悠闲行为。更别说，我们以前怀疑老师的诚意，嘲笑他为生活所迫，现在想来真是荒谬不已，我打心底觉得羞愧不已。话说回来，不论是为了打发时间，还是迫于生计，因为这些世人恶俗的误解，毛利老师是何等煎熬与苦恼啊。不用说，在这等煎熬中，老师一直保持着悠然的态度，系着那条紫色领带，戴着那顶圆顶礼帽，谨言慎行，比堂吉诃德还要勇敢，不屈不挠地继续译读。尽管如此，老师的眼中，有时也闪现着，向听讲的学生们——恐怕是老师所面对的整个社会——恳求同情的心酸目光。

想到这些，刹那间我不知该哭还是该笑，感到莫名的感动。我把脸埋在大衣领子里，急匆匆地走出咖啡厅。身后毛利老师在电灯亮堂的冷光下，因为庆幸没有客人，依旧扯着尖嗓子教那些热心学习的服务员英语：

"代替名词，所以叫代词。喂，代词，明白了吗？"

大正七年（1918）十二月

魔笛与神犬

献给郁子

很久以前,大和国的葛城山麓住着一个名叫发长彦的樵夫。因为他的容貌如女子般清秀,头发也像女子一样纤长,所以有了这个名字。

发长彦十分擅长吹笛子,就算去山中伐木,在劳动的间隙也会拿起别在腰间的笛子,自我陶醉于笛音之中。神奇的是,似乎所有的鸟兽和草木都能欣赏笛音的美妙。发长彦的笛声一响,草儿便翩翩起舞,树木也轻轻摇曳,鸟兽都聚在四周一动不动地听到曲终。

有一天,发长彦跟往常一样,坐在一棵大树下,专心地吹着笛子。忽然面前出现一位佩戴许多青色勾玉的独腿大汉,说:"你的笛子吹得真好呀。很久以前我就住在深山的洞穴里,每天净做些上古时代的梦。但自从你来这里伐木后,我沉浸在你的笛声中,每天都会有奇思妙想。今天我特意来这儿表示感谢,你想要什么都可以。"

樵夫思索片刻回答说:"我喜欢狗,请送我一条狗吧。"

听罢,大汉笑说:"居然只要一条狗,真是个清心寡欲的男人。不过这种清心寡欲也真叫人佩服,我送你一条举世无双的神犬。我是葛城山的独腿大仙。"接着,他吹出一声响亮的口哨,一条白狗便从森林深处跑来，踢得落叶四下飞散。

独腿大仙指着白狗说："它叫嗅嗅，无论是多远的地方发生的事情，它都能嗅出来。请你替我一辈子好好照顾它。"话音未落，他就像仙雾般消失得无影无踪了。

发长彦喜笑颜开，带着白狗一起回村。第二天他又进山，若无其事地吹起笛子，不知从何处又冒出一个颈挂黑色勾玉的独臂大汉，说："听说昨天我大哥独腿大仙送了你一条狗，我今天也来道谢。你想要什么尽管说。我是葛城山的独臂大仙。"

发长彦回答："我想要一条跟嗅嗅旗鼓相当的狗。"大汉立刻吹响口哨，唤出一条黑狗并说道："它叫飞飞，不管是谁，只要骑上它，就能腾空飞个百里千里。明天我的小弟估计也会来道谢。"说罢也化作仙雾消失不见了。

次日，发长彦的笛声刚刚响起，一位佩戴红色勾玉的独眼大汉形如旋风从天而降："我是葛城山的独眼大仙，听说兄长们都来和你道谢，那我也送你一条不亚于嗅嗅和飞飞的猛犬吧。"话音刚落，他的口哨声已经回荡在森林中，只见一条张牙舞爪的斑点狗飞奔而来，"它叫咬咬。不管多可怕的鬼神，只要遇上它，定会被一口咬死。我们送你的狗，不管身处何方，只要你笛声一响，定会赶来。没有笛声是不会回来的。你要牢记于心。"

说罢，独眼大仙以旋风之势腾空而去，林中的树叶都为之簌簌发抖。

二

故事发生在四五天后。

发长彦带着三条神犬，吹着笛子来到葛城山下的三岔路口。两位身佩弓箭的年轻武士骑着骏马从路的左右两侧缓缓走来。

发长彦见状把正在吹奏的笛子插在腰间，恭敬地鞠了一躬并问道："大人，您二位这是要去往哪里？"

两位武士先后回答：

"飞鸟国大臣的两位公主一夜之间下落不明，像是被妖神鬼怪掳走了。"

"大臣甚是忧心，下令只要能找回公主，不管是谁必有重赏，所以我们两人也在打探公主的下落。"

说完，两位武士不屑一顾地俯视了一下貌如女子的樵夫和他的三条神犬，急匆匆地赶路去了。

发长彦听罢觉得是个好机会，立刻抚摸白狗的脑袋命令道："嗅嗅、嗅嗅，快嗅出公主们的下落。"

于是白狗迎风不停地抽动鼻子，随即身体猛地一哆嗦，立即回答："汪汪！大公主被住在生驹山洞穴里的食餍人掳走了。"食餍人就是古代养过八岐大蛇[①]的十恶不赦的坏蛋。

樵夫立刻将白狗和斑点狗夹在两侧腋下，骑上黑狗大声命令道："飞飞、飞飞，速速飞去生驹山洞穴里的食餍人那里。"

话音未落，发长彦脚下吹起一股强劲的旋风，只见黑狗仿佛一片树叶凌空而起，径直飞向远处青云笼罩下的生驹山山峰。

---

① 日本神话中的怪物，据《古事记》所述，八头八尾，体形庞大。

三

一眨眼，发长彦便来到生驹山。果然山腰处有一个巨大的洞穴，里面一位头戴金梳的美丽公主在抽抽搭搭地哭泣。

"公主、公主，我来接您了。别害怕。来，赶快收拾一下，我这就送您回父亲身边。"

发长彦这么一说，三条神犬也叼起公主的衣摆和袖子，吠道："来，快点，请快点收拾。汪汪汪！"

然而，公主依旧眼含泪水，悄悄地指着洞穴深处说："把我掳来的食餍人刚才喝醉酒，在里面睡着了。要是他醒来，恐怕马上就会追来，到时定会要了你我的命。"

发长彦莞尔一笑："区区一个食餍人，我怎会害怕？您看着，我这就将他除掉。"他边说边拍了斑点狗的背，厉声下令："咬咬、咬咬，速去把这洞穴里的食餍人一口咬死。"

斑点狗应声露出獠牙，发出雷鸣般低沉的咆哮声，气势凶猛地冲进洞中，很快便叼着食蠶人血淋淋的脑袋摇着尾巴出来了。

不可思议的是，这时被云雾遮盖的谷底刮起一阵风，风中传来温柔的声音："发长彦，谢谢你，救命之恩永不忘。我是饱受食蠶人欺侮的生驹山公主阿驹。"

然而大公主此时正沉浸在死里逃生的喜悦之中，似乎没有听到这个声音。接着她转向发长彦，忧心忡忡地说："多亏你，我九生一死，但我妹妹现在仍下落不明。"

发长彦听了这话，又摸摸白狗的头下令说："嗅嗅、嗅嗅，快嗅出公主身在何处。"白狗立刻抬头望着主人，抽动着鼻子答道："汪，汪！小公主被住在笠置山洞穴里的土蜘蛛抓去了。" 这个土蜘蛛，是以前神武天皇[①]讨伐过的大坏蛋一寸法师。

于是，发长彦跟上次一样，将两只狗夹在腋下，与大公主一同骑上黑狗并下令："飞飞、飞飞，速速飞去笠置山洞穴里的土蜘蛛那里。"随即黑狗腾空而起，

---

① 日本的初代天皇。

势如飞箭，朝着青云缭绕的笠置山方向奔去。

四

他们刚到笠置山，一肚子坏水的土蜘蛛立刻故作殷勤，在洞口迎接：

"哎呀！哎呀！发长彦，路途遥远，辛苦你了！来，快请进！我这没什么拿得出手的，要不就来点鹿的生胆或者熊的胎儿？"

然而，长发彦头一摇，厉声呵斥道："不不！我是来解救被你掳走的公主。劝你立刻放了公主，否则食鬙人的下场就是你的下场。"

只见土蜘蛛蜷缩成一团，颤颤巍巍地说：

"啊！我这就放人。您说什么就是什么。公主现在一个人在这里面。您尽管进去把她领走吧。"

于是，发长彦带着大公主和三条神犬走进洞穴。果然，一位头戴银梳的美丽公主正在悲伤地抽泣着。她察觉到有人进去，立刻看向这边，一眼就认出姐姐：

"姐姐！"

"妹妹！"

两位公主同时扑向对方，高兴地相拥而泣。发长彦见状也跟着哭了起来。忽然，三条神犬竖起背毛，疯了似的狂吠不止：

"汪汪！土蜘蛛你这个畜生。"

"可恨的家伙！汪汪！"

"汪汪汪！你给我记住。汪汪汪！"

发长彦猛地回神看过去，只见那狡猾的土蜘蛛不知何时从外面用巨大的岩石将洞口堵得严严实实。他还在外面拍手称道：

"活该！你个发长彦。这样不到一个月，你们就会被饿死。你该佩服咱家老谋深算了吧。"

发长彦也后悔莫及，竟上了他的当。幸而他想起腰间的笛子。只要吹起这笛子，不要说鸟兽了，连花草树木都听得出神。所以，那只狡猾的土蜘蛛也未必不会动心。于是，发长彦重新鼓起勇气，安抚怒吼的神犬，全神贯注地吹起了魔笛。

笛声悠扬地回荡，就连十恶不赦的土蜘蛛都听得忘我。他起先侧耳贴在洞口的巨石上倾听。最后听得如醉如痴，一寸一寸地将巨石挪开。

当洞口露出可以过人的间隙时，发长彦突然放下笛子，拍了拍斑点狗的脊背命令道：

"咬咬，咬咬！速去咬死洞口的土蜘蛛。"

土蜘蛛闻风丧胆，正要拔腿就跑。可惜为时已晚。只见咬咬化作一道闪电飞到洞口，毫不费力地咬死了土蜘蛛。

这时，不可思议的是，谷底又吹来一阵风，传来温柔的声音：

"发长彦，谢谢你。救命之恩永不忘。我是受土蜘蛛欺凌的笠置山公主阿笠。"

五

然后，发长彦带着两位公主和两条神犬，骑在黑狗的背上，从笠置山顶朝着飞鸟国大臣家径直地飞去。途中，两位公主不知作何打算，分别将头上的金梳和银梳拔下，悄悄地插在发长彦的长发上。当然，他本人浑然不觉，只是俯视着大和国的美丽山河，一个劲地催促黑狗，敏捷地飞驰在空中。

当发长彦一行来到当初经过的三岔路口上空时，只见先前遇到的两位武士像是已踏上回程，急匆匆地往都城方向骑马并行。发长彦见状，忽然想向他们显摆自己的功劳，于是命令黑狗：

"停下！停下！停到那个三岔路口。"

这两位武士辗转各地寻遍四处都徒劳而返，正无精打采地骑着马赶路。忽地看到两位公主与樵夫一起，骑在一条健壮的黑狗背上从空中飘飘然落下，惊掉了下巴。

发长彦下了狗背，又恭恭敬敬地鞠了一躬，说：

"大人，我与你们分别后，随即飞向生驹山和笠置山，如您所见救出了两位公主。"

然而，两位武士见被如此卑贱的樵夫捷足先登，又是羡慕又是嫉妒，气得牙痒痒。他们佯装高兴，百般夸赞发长彦赫赫之功，终于打探出三条神犬的来历以及他腰间神笛的奥秘。于是，趁发长彦大意之时，

悄悄地从他腰间抽走最关键的神笛,然后冷不防地跳上黑狗的脊背,将两位公主与两只神犬牢牢地夹在腋下,齐声唤道:

"飞飞,飞飞,速速飞去飞鸟国大臣所在的都城。"

发长彦惊慌失措,立刻扑向两人。可是,那时大风乍起,黑狗早已带着武士们紧紧地卷起尾巴,朝着遥远的青空腾飞而去。

地面上只剩武士们丢下的两匹马。许久,发长彦伏在三岔路口的正中央,悲伤地号啕大哭。

这时,突然从生驹山吹来一阵风,风中一个温柔的声音低声细语道:

"发长彦,发长彦,我是生驹山的阿驹公主。"

与此同时,笠置山方向也吹来一阵风,同样一个温柔的声音耳语道:

"发长彦,发长彦,我是笠置山的阿笠公主。"

她们异口同声地说道:

"我们马上追上武士们,帮你取回笛子。请不要担心。"话音未落,只见风声呜呜作响,朝着黑狗的方向呼啸而去。

没多久，那阵风又回到三岔路口从天而降，同时一个温柔的声音低语道：

"那两位武士已经领着公主们去了飞鸟国大臣家，受到了很多赏赐。来！快吹响魔笛，召回三只神犬。在此期间，我们帮你准备一身气派的行头，助你发迹。"

话音未落，只见那关键的神笛、金铠甲、银头盔、孔雀羽毛箭、沉香木弓等，一身威武的大将装备犹如雨点冰雹般，在阳光下闪闪发光降落在眼前。

六

过了不久，发长彦身佩沉香木弓和孔雀羽毛箭，俨然一副战神的模样，骑着飞飞，将嗅嗅和咬咬夹在腋下飞往飞鸟国大臣的宅邸。当他从天而降时，那两位年轻的武士顿时乱了阵脚。

不，看到这神奇的景象，连大臣都惊诧不已。他霎时间恍若做梦般，出神地眺望着发长彦威武的身姿。

只见发长彦脱下铠甲，恭恭敬敬地向大臣行礼作揖：

"敝人发长彦，住在本国葛城山脚下。是我救出了二位公主，除掉了食餍人和土蜘蛛。那两位武士没有丝毫功劳。"

总之两位武士方才一直将发长彦的功劳占为己有，大肆吹擂。因此听罢发长彦这番话，脸色骤变地打断他，煞有介事地说：

"他才是信口开河的家伙。砍掉食餍人脑袋的是我们，识破土蜘蛛诡计的无疑也是我们。"

站在中间的大臣无法辨别孰真孰假，于是比对着武士们和发长彦，转而对两位公主说：

"只能问你们了。到底是谁救你们的？"

只见两位公主同时依偎在父亲大人的怀里，羞答答地说：

"救我们的是发长彦。我们插在他浓密长发上的发梳就是证据。请父亲大人明鉴。"

大臣一看，果然发长彦的头上金梳与银梳闪耀着美丽的光芒。

事已至此，武士们只得认罪。他们跪拜在大臣面前，瑟瑟发抖：

"其实是我们心生诡计，想抢占发长彦救公主们的功劳。我们认罪。请放我们一条生路。"

再之后的事就无须赘言了。发长彦得到许多赏赐，还当了大臣的乘龙快婿。两位年轻的武士则被三条神犬穷追猛赶，连滚带爬地逃出宅邸。只是，哪位公主成了发长彦的新娘？由于这事发生在很久以前，如今已无从知晓。

大正七年（1918）十二月

开化的丈夫

曾几何时上野博物馆举办了有关明治初期文明的展览会。一个阴日的下午，我仔细观赏了那次展览会的每个展室。当走进最后一间陈列版画的展室时，我看到一位绅士正站在玻璃展柜前，眺望着几张老旧的铜版画。这位绅士是个身材瘦高，文质彬彬的老者。

他穿着笔挺的黑色西装，戴着高雅的黑色圆顶礼帽。我一看到这身姿就注意到，他是四五日前在某个聚会上认识的本多子爵。虽然相识没多久，但我早已了解子爵不喜交际的个性。一时难以决定是否要上前打招呼。此时，本多子爵好像听到了我的脚步声，缓缓地回头看向我这边，随后，留着花白胡须的嘴角露出了微笑。稍许，他拿起礼帽，温柔地和我打招呼："你好呀！"我感到些许的释然，没有说话，恭敬地向他回礼，安静地走上前去。

本多子爵壮年期的俊俏模样仍如日暮余晖，浮现在他那消瘦的面庞上。同时他的脸上还有贵族阶级罕见的心底苦闷落下的忧郁的阴影。记忆中，前几天他一如今日一身黑色西装，我凝视着唯一散发着沉郁光泽的大珍珠领带夹，好似看到了子爵的内心……

"如何？这幅铜版画。是——《筑地居留地》吧？构图相当巧妙，并且明暗光线的处理也别具一格。"

子爵小声说着，用细拐杖的银柄指了指玻璃展柜里的画。我点头赞同。云母般水波荡漾的东京湾，形色各异的旗帜迎风飘扬的蒸汽船，马路上来来往往的西洋男女，然后洋房上空枝丫伸展得形似广重[①]笔下的松树——取材与手法上共通的"和洋折中"展示了明治初期的艺术特有的美妙和谐。这种和谐从那以后永久地消失在我们的艺术中，不，也从我们生活的东京消失了。

我再次点头说道，这幅《筑地居留地》不仅作为铜版画让我饶有兴趣，其中画有牡丹和狮子的合乘人力车以及艺伎玻璃烤瓷画让我想起了人人自豪的开化时代，更是让人备感怀念。子爵还是笑容可掬地听我道来。他安静地离开展柜，慢悠悠地走向陈列在隔壁的大苏芳年的浮世绘：

"那请看这幅芳年的画。穿着西装的菊五郎[②]和梳着银杏叶发髻的半四郎[③]，演绎月亮下哀愁的场面。看到此景，更加觉得那个时代——那个既非江户亦非东京，昼夜难分的时代历历在目。"

[①] 歌川广重，日本江户时期的浮世绘画家。
[②] 第五代尾上菊五郎（1844—1903），歌舞伎演员。与第九代市川团十郎（1838—1903）并称"团菊"，推动了日本明治时期歌舞伎的近代化。
[③] 第八代岩井半四郎（1829—1882），歌舞伎演员。1872年袭名，日本文明开化时期首屈一指、地位最高的旦角。

本多子爵现在虽讨厌社交，但当年他是留洋归国的才子，不仅在官场，在民间也声名鹊起，对此我也略有听闻。因此，我觉得在这个人烟稀少的陈列室，被这些陈列在玻璃展柜中的那时的版画所包围，聆听子爵的发言，极其相称，理所当然。另一方面，这理所当然的事多多少少招致我的反感。子爵刚说完，我便试图转移话题到一般性的浮世绘的发展上来。但是，本多子爵却拿着银拐杖的手柄——指着芳年的浮世绘，依旧用低沉的声音说道：

"特别是我这类人看到这些版画，三四十年前的那个时代恍如昨日。即便是现在，翻开报纸，总觉得还能读到鹿鸣馆舞蹈会的报道。说实话，从刚刚走进陈列室，我就已经觉得我们那个时代的人都复活了，虽然我们肉眼看不见，但是他们在这里在那里到处走动着。——那些幽灵偶然在我们耳边的低语，将往事娓娓道来。——这些奇怪的想法总是挥之不去。特别是这个穿着西装的菊五郎，像极了我的一位朋友。因此我站在那幅肖像画前时，怀念之情涌上心头，甚至让人觉得有些不适，真想与之畅叙离衷。如何？如果你愿意的话，要不要听听我那朋友的故事？"

本多子爵特意移开视线，像是对我有所顾虑，语气有些不稳重。我想起之前与子爵见面时，帮忙引荐的友人曾拜托道："这个男人是小说家，有什么有趣的故事，请说给他听。"再者，即使没有朋友的请求，当时我已不知不觉被子爵怀古的咏叹所吸引。如若可能，甚至想立刻和子爵两个人驱赶马车奔向隐匿在往昔迷雾中的由"一等红砖"建造的繁华市区。于是，我低头欣喜地催促对方："请讲。"

"那我们去那边吧。"

遵照子爵的意思，我们一起来到展室正中央的长椅上坐下。室内见不到其他人影。只有周围许许多多的玻璃展柜在阴天冰冷的光线中，寂静地陈列着古色古香的铜版画和浮世绘。本多子爵将下巴支在拐杖的银柄上，默默地环视了犹如他自身记忆般的陈列室片刻，然后看向我这边，用低沉的声音开始道来。

"那位朋友名叫三浦直记，是我从法国回来时，在船上偶然认识的。他与我同龄，当时也是二十五岁。就像芳年笔下的菊五郎一样，皮肤白皙，面庞瘦长，一头长发中分，典型的明治初期文明造就的绅士。在漫长的航海过程中，我们交际逐渐深厚，成了关系亲密的好友，回国后仍然每周都互相走动。

"三浦的父亲是下谷一带的大地主。在他留学法国时，二老先后过世，所以作为独生子的他当时就已经是大资产家了。我们相识后，他已很有地位了，除了出入任职的第×银行外，就是游乐消遣。因此，回国后不久，他就在两国百本杭附近的父辈豪宅里新建了精致的西式的书斋，过着相当奢华安逸的日子。

"就在我说的这会儿，那个房间的模样历历在目，如同在看对面的某张铜版画。面向隅田川的法式窗户、镶着金边的白色天花板、红色上等软羊皮的椅子和长椅、挂在墙上的拿破仑一世的肖像、雕刻精美的乌木大书架、带有镜子的大理石暖炉，上面放着他父亲的遗爱松树盆栽。所有的一切都让人感觉新中带旧，且花哨得让人郁闷。再形容的话，会让人联想到调子错乱的乐器声，到底是具有那个时代特色的书斋。在那样的环境中，三浦总是坐在拿破仑一世的肖像画下，穿着结城茧绸套装，读着雨果的《奥利安德鲁》，俨然就是陈列在那的铜版画中的光景。这么说起来，记忆中那个法式窗户外，偶尔有很大的白帆穿过，我还很稀罕地眺望过。

"虽说三浦生活奢华，但是他不像同龄的年轻人，去新桥、柳桥之类的花街柳巷玩耍，而是每日都在新建的书斋闭门不出。与其说他是年轻的银行家，倒不如说是年轻的隐士，沉迷于读书。原因之一，他那蒲柳般的体质不允许酒色生活。加之，他的性情和当时的唯物主义风潮正相反，带有超乎常人的纯粹的理想主义倾向，因而自然心甘情愿地置身于孤独的境遇。实际上三浦作为模范的开化绅士，让他与那个时代色彩稍微不同的，仅是他的理想主义性情。毋宁说，他这点与上个时代的政治空想家相似。

"这是有证据的。那是某日我同他二人去某处看狂言戏《神风连》时的事。我记得应该就是大野铁平自杀的场景落幕之后，他突然回头一脸认真地问我：'你会同情他们吗？'我本来也是留洋归国，当时特别厌恶一切陈规陋习，于是极其冷淡地回答：'不，我无法同情。虽说颁布了《废刀令》，但是那些叛乱的团伙，理当自取灭亡。'他不服气地摇摇头说：'或许他们的主张错了。但是，他们为了主张献身的态度，其价值远在同情之上。'于是我再次笑着反问：'那你会和他们一样，为了将明治社会还原成远古的神话时代的幼稚梦想，舍弃唯一的生命吗？'他依旧语气认真，斩钉截铁地回答：'哪怕是幼稚的梦想，为自己的信念而献身，正中下怀。'当时，我以为他只是嘴上说说，没放在心上。而现在联系前因后果细细一想，实际上他之后悲痛的命运早已像烟雾般缠绕在那些话语中。听我慢慢道来，您自然会领会。

"不管怎样，三浦都始终贯彻这种态度。因此，哪怕是婚姻大事，他也坚持'不要没有爱情的婚姻'。无论是多好的亲事，他都毫不惋惜地拒绝了，而且，他所谓的爱和普通的恋爱又不一样，因此就算有他相当中意的千金小姐出现，他也会说'我好像仍然心存杂念'，终究还是没有走到结婚那一步。旁观者看着都心急如焚，有时我也从旁帮忙劝说：'但凡事情都像你这般处处检点自己，怕是连行住坐卧都没法做好吧。你要认清，这世道的运转不会同你理想中一样，遇到大差不差的对象就应该知足。'然而，三浦反而每次都用可怜的眼神看着我说：'要是如此，我何必单身至今？'完全不理会我。作为朋友就此打住，而作为亲戚不无担忧，他本身体弱多病，万一断了血脉该如何是好？听说有人劝他起码娶个偏房太太。

"当然，三浦只当这类忠告是耳旁风。不，岂止是耳旁风，他最讨厌偏房太太这个词。平日里，他见着我就嘲讽地说：'虽说已是文明开化，而妾室在日本还公然存在。'因此，回国后的两三年，他每日都与拿破仑一世为伴，坚持读书。何时实现他所谓的'有爱情的婚姻'，身为朋友的我们也无从得知。

"然而，就在那时我因官务暂时去了韩国京城[①]赴任。赴任还不足月，却意想不到地收到了三浦结婚的通知。那时我的惊讶之情，您大概可以猜到吧。但同时，一想到他终于遇到了所爱之人，就忍不住会心一笑。通知的内容非常简单，只说和某御用商人的女儿藤井胜美订婚了。后续的来信中写道，他某日散步顺道去

---

① 现韩国首尔。1910年日韩合并后，朝鲜王朝的首都汉城改名为京城。

了柳岛的荻寺，正好碰到了出入他家的古董商和藤井父女一起在寺内参拜。于是一起在寺内散步，就这样不知何时二人就互相看对眼了。要说荻寺的话，那会儿哼哈二将把守的还是茅草屋顶的山门。胡枝子丛中还立着刻有松尾芭蕉名句'萩花秋瑟瑟，行人雨中观'的石碑，如此雅致之地，实际上正是适合才子佳人偶遇的舞台。只是，三浦每次外出必穿巴黎定制的西服，处处以开化的绅士自居，因此对他而言，一见钟情也太过中规中矩了。对此，光是读着结婚通知就忍俊不禁的我们，就像被挠痒了一般难掩笑意。说来您立刻就能猜出促成这门亲事的是那位古董商。更加幸运的是，亲事一拍即成，公开的媒人一定下，当年的秋天便如期举办了婚礼。夫妻二人琴瑟和谐自不用说。特别让我觉得可笑又嫉妒的是，那么冷静且有学者风度的三浦，在汇报婚后近况的书信中，流露出的快乐让人感觉仿佛变了个人似的。

"那时他的来信我仍妥善保存着。一一开封重读时，眼前就会浮现出他当年的音容笑貌。信中三浦用孩童般的喜悦耐心地记录日常生活的点滴：今年培育牵牛花失败的事；被人委托赞助上野养育院的事；入梅雨季节后书籍大半受潮发霉的事；常雇的车夫得了破伤风的事；去都剧场看西洋魔术的事；藏前发生火灾的事……要是一一数来要没完没了。其中，最令他高兴的是，委托画家五姓田芳梅为其妻子作肖像画。那幅肖像画替换了拿破仑一世的画，悬挂在了书斋的墙壁上。我后来参观过，是盘发的胜美夫人穿着金线刺绣的黑色外套，手捧玫瑰花束站在穿衣镜前的侧脸画。虽然能看到那幅肖像画，却永远无法看到当时那个快乐的三浦了。……"

本多子爵说完轻轻地叹了口气，沉默了片刻。听得入神的我无意识中用不安的眼神注视着他的脸，心想该不会是子爵从韩国京城回国时，三浦已经成为故人了吧。而子爵似乎早已察觉到了我的不安，慢慢地摇摇头。

"话虽这么说，倒也不是我出国期间他去世了。只是，仅过去一年，当我再次回国时，三浦还是镇静自若，反倒显得比以前更加忧郁。他特意前来新桥停车场接我，与他久别重逢握手时，我就已经有所察觉。

不，与其说有所察觉，倒不如说他过分的冷静让我担心。其实，那时我一见到他就感到意外，甚至首先问他：'怎么了？身体哪里不舒服吗？'可是，他反倒对我的怀疑感到不可思议，回答说不仅是他，他夫人也很健康。这么说来，这才过去一年，就算是'有爱的婚姻'，他的性情也不可能突然改变。之后我也就没放在心上了，笑着说'那可能是光线差，让你的脸色看起来不好'后便结束了这个话题。随后这发展到不能笑着搪塞的地步——直到我察觉到藏在他那忧郁的假面背后的烦恼，还需要两三个月的时间。不过，作为故事的顺序，在这之前得先说说他夫人。

"我第一次见到三浦的夫人是从京城回来后不久，受邀到他毗邻大川的豪宅里共进晚餐。听说夫人与三浦是同龄人，或许是因为个子小，谁看都会觉得她要比三浦年轻个两三岁。她眉毛浓，脸蛋圆，气色好。那晚，她身着印有古色古香的蝶鸟图案的和服，系着素绸缎腰带。用那时代的词来形容，满是高级感。但是，作为三浦爱慕的对象，她和我想象中的新夫人形象有些出入。不过，我也只是有这种感觉，连我自己也不明白这其中的缘由。特别是从这次见到三浦开始，我三番五次感到预想落空。当然，我也只是当时偶然有感，祝福他们结婚的心情并未因此冷却。恰恰相反，在明亮的汽灯灯光下面对着菜肴，他夫人活泼的个性和才华横溢让我完全折服了。俗话说对答如流，恐怕指的就是那种待人接物之道吧。'夫人，您这等才女，比起日本，应该生在法国才好。'我终于一本正经地赞美道。只见三浦也喝着酒从旁插话调侃道：'你瞧！我不也经常这么说吗？'但他的这句调侃刹那间让我感到不堪入耳，难道是我多心了吗？不！这时胜美夫人从旁抱怨似的斜眼瞟了三浦，那眼神明显辜负了她露骨的娇媚。这难道都是我的胡思乱想吗？总之，我不得不感受到，在这简短的对话中，他们夫妻的日常生活犹如闪电般一闪而过。现在想来，那是我见证三浦生涯中悲剧的序幕。当时，哪怕是我，也只是有不安的念头在脑海中一闪而过，随后又一如既往地和三浦热热闹闹地交杯换盏。因此，那晚名副其实地在一夜之欢尽兴后，我辞别他们坐上车，一边醉醺醺地任由大川的河风拂面，一边悄悄地多次祝福他成功地实现了有爱情的婚姻。

"就在一个月后（当然这期间我和他们夫妻之间也一直在走动）的一天，我受到一位医生友人的邀请，去了正在上演《于传假名书》的新富座剧场看戏，发现三浦夫人坐在正对面的包厢中。当时，我看戏定会戴上观剧镜，隔着火红色的挂毯，胜美夫人首次出现在圆形的镜筒里。她的发髻上好像戴着玫瑰花，雪白的双下巴搭在朴素的衬领上。当我注意到她时，对方也抬起她那娇媚的双眼微微示意。于是，我放下观剧镜，回敬了她的注目礼。然而不知为何，三浦夫人又慌忙地朝我点头回礼，而且远比上一次要恭敬得多。我终于注意到，她第一次注目礼并非朝我行的。我不由得环视了四周的高台池座，寻找她问候的对象。我立刻发现，隔壁的池座中有一位身穿花哨的条纹西服的年轻男子，好像也在寻找胜美夫人行礼的对象。他叼着烟味很浓的雪茄，目不转睛地看着这边，正好和我目光相遇。我看出那张浅黑色的脸上有一丝的不悦，于是立刻移开视线又举起了观剧镜。我不经意地看向对面的包厢，发现三浦夫人旁边还坐着一个女人——

女权论者楢山，说来您也应该有所耳闻。她是当时颇有名声的楢山律师的夫人，极力主张男女同权，风评较差，不绝于耳。楢山夫人身着印有家徽的黑色和服端坐着，戴着金边眼镜。宛如监护人似的，和三浦的妇人并排坐着。我看到此景，一种难以言状的不祥之感不禁袭上心头。而那位女权论者，颧骨突出，略施粉黛，一边在意着衣领，一边不停地看向我们这边——恐怕是朝隔壁座位的条纹西服的男人，意味深长地使着眼色。我这一天的看剧，毫不夸张地说，比起舞台上的菊五郎和左团次，更注意三浦夫人、条纹西服男和楢山夫人。虽然听着伴奏席上热闹的伴奏声，身处垂樱的世界，但我的心思与这些毫不相干，一直被带有不祥色彩的想象所困扰。因此，在独幕狂言表演结束不久，我看到那两个女人不在包厢后，着实松了口气安心下来。当然，女方虽然退场了，而隔壁的条纹西装男仍在隔壁的座位上吞云吐雾，还不时地瞟我。三个人只剩下一人了，我就不如之前那样总是在意那张浅黑色的脸了。

"听起来像是我的胡思乱想，但这是因为那个年轻男人的浅黑色面庞莫名地让我反感。总觉得我和那个男人之间或者我们和那个男人之间，从第一次见面起就互相抱有敌意。因此，在那之后还没过去一个月，当三浦在他临近大川的书斋里亲自向我介绍那个男人时，我不禁地感到云里雾里，困惑不解。听三浦的介绍，那是他夫人的表弟，是个有才干的职员，年纪轻轻却在当时的××纺织厂受到重用。说起来，我们围坐在一起品着红茶，谈天说地吞云吐雾时，我也立刻感觉到他是相当有才华的人。但是，就算是个人才，也不会改变我对他人品的好恶。不，既然知道是其夫人的表弟，在剧场时互相打招呼这事就不足为奇了。我几次都这样诉诸理性，甚至尽量努力地和他套近乎。但是，每次我的努力眼看就要成功时，他必定发出声音品茶，或是随意地将烟灰弹落在桌子上，或是因为自己的诙谐放声大笑，总会做点让人不快的事再次引发我的反感。所以，当三十分钟后，他说要参加公司的宴会而起身离开时，我不由自主地站起来，将面向大川的法式窗户完全打开，一心想让房间里的恶俗空气焕然一新。

而三浦一如既往地坐在手捧玫瑰花的胜美夫人画像的下面，像是责备我一样说道：'你特别讨厌那个男人吧。'我说：'好像就是喜欢不起来，无可奈何。他居然是你夫人的表弟，真是不可思议。'三浦：'不可思议？是指？'我：'也没啥。只觉得他太另类了。'三浦沉默了片刻，凝视着反射黄昏余晖的大川河面，说着前后不着调的话：'如何？改天一起出门钓鱼吧？'从他夫人的表弟身上移开话题，这实在太让我高兴了，于是我顿时精神百倍地应道：'好呀。钓鱼的话，我可比社交有自信。'三浦也笑了起来，说：'比社交要自信？那我——或许比谈情说爱要自信。'我说：'那就是说有比你夫人更好的收获了。'三浦：'这样一来就又能让你羡慕我了。这难道不好吗？'三浦此番话意味深长，让我听上去有些刺耳。不过，透过暮色看过去，他依旧表情冷淡，执着地看着法式窗外的水面波光。我：'话说什么时候去钓鱼？'三浦：'什么时候都行。挑个你方便的日子吧。'我：'那我到时给你写信。'于是，我慢慢地从红色羊皮沙发上起身，无言地和他握手后，离开了这间神秘的昏暗书斋，朝着更暗的走廊悄悄地独自离开。然而，意想不到的是，门口有一个黑色人影，安静地伫立在那里，像是在偷听房里的动静，而且那个人影看到我出来后，立刻上前嗲声嗲气地问：'哎呀！您这就要回去了吗？'我感到瞬间窒息，而后冷眼看了看今日也头戴玫瑰花的胜美夫人，还是沉默不语地点头行礼，便匆忙地向在大门外等我的人力车方向走去。此时我的内心一片混乱，连我自己都没意识到。我只记得，人力车经过两国桥时，我口中不停地嘟囔着'达利拉'[①]这个名字。

"从那以后，我明显感觉到三浦忧郁的外表下藏着秘密。当然无须赘言，这个秘密立马在我心中烙上理应避讳的'通奸'二字。可是，倘若果真如此，为何这位理想家三浦不果断离婚呢？是怀疑通奸却没有证据？抑或是有证据，但因深爱胜美夫人以至于犹豫不决？我胡乱地进行各种揣测，甚至把与他的钓鱼约定都忘得一干二净。在那之后的半个月，虽偶尔写信，

---

① 原文 Dalila，《圣经·旧约》中《士师记》第13—16章登场的人物。

却再也没踏进曾经频繁拜访的那座大川河畔的宅邸。然而,这半个月刚过去,我又偶然有意外的际遇,于是决定在履行之前的约定时,利用和他碰面的机会直接向他表明我的担心。

"事情是这样的。某日,我还是和医生朋友去中村座剧场看戏,在回来路上,记得是和别号'珍竹林主人'的《曙光报》的资深记者一起,冒着傍晚的大雨,到当时在柳桥的生稻酒馆去喝酒。在酒馆的二楼,听着追忆江户往昔的远三味线乐曲,享受着小酌几杯的乐趣。这时,有着开化期通俗小说家作风的珍竹林主人忽然兴致大发,开始津津乐道地说起了那位楢山夫人的丑闻,偶尔还夹杂些趣味横生的俏皮话。据说夫人以前是神户那边洋人的小妾,曾经还将三游亭圆晓圈作男妾。那时正值夫人的全盛时期,光是金戒指就戴了六个。而两三年前开始因借贷不还而债台高筑。珍竹林主人还揭露了她许多品行不端的内幕。其中,最让我反感的是,谣传最近不知哪家的年轻太太成了楢山夫人的跟包,一起行动,而且还传言这个年轻太太有时和女权论者一起,带着男人去水神①附近过夜。
我听到这番言论,眼前执拗地浮现了三浦忧心忡忡的身影,本应热闹地交杯换盏,却难以强颜欢笑。幸好医生似乎已经注意到我的郁闷,巧妙地引导对方岔开了话题,不知不觉谈起了与楢山夫人毫不相干的事。我终于得以喘息,继续应酬,总之未扫大家的雅兴。
但是那晚对我而言简直就是厄运当头,女权论者的传闻让我的心情跌入谷底。而后当我与两位友人一起离席,正要坐上在生稻的门厅等候的人力车时,忽然一台人力车在雨中闪着锃亮的篷布,急速地驶了进来。就在我一只脚踩上车的同时,对面车上的一名乘客嗖地跳下车。我看了一眼那人影,立刻迅速地钻进车内,车夫抬起车把的刹那间,我被异样的兴趣所鼓动,不禁地嘀咕道:'是那家伙!'那家伙不是别人,正是三浦夫人所谓的表弟——皮肤浅黑的条纹西装男。雨水打在车篷上,当我乘车飞驰在灯火通明的两国广小路上时,仍在想象坐在那人力车上的另一人,好几次

---

① 地名,即日本东京墨田区南葛饰郡隅田村的水神祠(隅田川神社)以及院内水神森林。

被可怕的不安感所威胁。那究竟是楢山夫人呢,还是束发上插着玫瑰花的胜美夫人呢?我独自为这拿捏不定的疑惑所烦恼着,却又害怕疑惑成真。我对自己仓皇藏身车内的胆怯感到极为恼火。另一个人究竟是楢山夫人还是胜美夫人,这至今还是我未解开的谜。"

本多子爵不知从哪里拿出一块大丝帕,恭谨地擤了鼻子,并扫视了暮色降临的陈列室,安静地继续讲述。

"不过,这个问题以后再说吧。总之,从珍竹林主人那里听来的话值得三浦再三思考。第二天我立刻写信,通知他散心顺带钓鱼的日期。很快便收到了三浦的回信,说那天刚好是十六,钓鱼不如赏月,顺带日落后去大川泛舟。当然我也并非对钓鱼有执念,便立刻表示赞同。那日,我们在约好的柳桥渔船客栈会合,月出之前便乘着猪牙船[①]朝着大川划去。

"那时大川夕阳西下的景色虽不及往昔风雅,可仍残存着浮世绘般的美感。那天驶过万八饭馆来到大

[①] 因船头细长,像猪的牙齿一般,没有船篷,故得名猪牙船,形似猪槽船。江户时期多行驶于河川中,其中尤其以去往位于东京都台东区山谷的吉原花柳街的客人常用。

川河面时，仲秋余晖残照，水面波光粼粼。两国桥的栏杆宛若挥毫泼墨，呈翘曲的一字状黑黑地伸向两端。桥上来往的车马早已在水雾中朦胧不清。川流不息的手提灯笼小得像酸浆果，红光点点地跳动着。三浦说：'这里的景色如何？'我说：'是啊。唯独这风景纵使望眼欲穿，在西方也是难得一见。'三浦说：'你言下之意，风景有点传统也无妨喽。'我说：'好啦。光是风景的话就不计较这么多了。'三浦：'话说我最近又完全厌恶开化了。'我说：'听说那个言语刻薄的梅里美看到日本幕府的亲善大使走在巴黎的林荫大道上，对着身旁的大仲马说："喂，是谁岂有此理给日本人绑上那么长的大刀？"你要是不注意，定会遭到梅里美的毒舌攻击。'三浦说：'不，我还听过这样的故事。一名叫何如璋的中国使节，住在横滨的旅馆，看到日本人的被子时感慨万分，说："这是远古时代的寝衣。日本竟有夏商周的遗风。"因此，不能因为陈规陋习就一概斥之。'交谈的间隙，涨潮的河面骤然黑了下来，我们惊讶地四下张望，原来载着我们的猪牙船在加速的桨声中早已驶离两国桥，就要靠近夜幕下黑黢黢的首尾松林。我想立刻将话题转向胜美夫人的问题上，于是赶紧接着三浦的话茬，试探道：'你那么怀念旧俗，那位开化的妻子要如何是好呢？'而三浦凝视着没有月光的横网町的上空，许久对我的提问充耳不闻。而后盯着我，用低沉有力的声音干脆地回答道：'什么也不做。一周前就离婚了。'这个意外的回答让我惊慌失措，我不由得抓住船舷，阴阳怪气地问道：'那，你也知道了？'而三浦依旧平和冷静，叮嘱般反问我：'你难道万事皆知吗？'我说：'是不是万事我不知道。只是你夫人和楢山夫人的关系有所耳闻。'三浦：'那，我妻子和她表弟的关系呢？'我：'隐隐约约察觉到了。'三浦：'那我就没什么说的必要了。'我：'可是——可是你是从何时起察觉那种关系的？'三浦：'我妻子和她表弟的关系吗？结婚三个月后——正好是拜托画家五姓田芳梅画肖像画之前。'这回答对我来说更加出乎意料了，您大概可以想象得到吧。我问：'那你为何隐忍至今呢？'三浦：'我不是隐忍。我是肯定他们。'我第三次被他意外的回答震惊了，一时间只是目瞪口呆地望着他。三浦从容不迫地说：'当然我不是肯定妻子和她表弟现在的关系，而是肯定了我当时想象中的他们的关系。你还记得我主张"有爱情的婚姻"吧。那并不是我为满足利己心而提出的。是我认为爱情至上的结果。因此，当我婚后意识到我们的爱情并不纯粹后，既后悔自己的草率，又可怜必须和我同居的妻子。你也知道，我本来身体就不健壮，而且就算我爱我的妻子，可是她却无法爱上我。不，这或许是因为我的爱是贫弱之物，无法激发对方的热情。因此，若是我妻子与她表弟之间的爱情比我们之间的纯粹，那我愿意痛快地为他们的青梅竹马之情做出牺牲。如果不这么做，那我爱情至上的主张事实上就废弃了。实际上，那幅肖像画也是防止万一猜想成真时，作为妻子的替身留在我书斋的。'三浦说着，又望向了河对岸的天空。然而，天空仿佛垂下了黑幕布，阴沉沉地笼罩在米槠树下松浦公爵的房屋上。天上的云朵丝毫没有月出的迹象。我点燃雪茄催促说：'那后来呢？'三浦说：'可是在那不久后，我发现妻子和其表弟的爱情并不纯洁。说得露骨点，我发现那个男人和楢山夫人也有奸情。至于是怎么发现的，你应该也不会想听，事到如今我也不想再讲。总之，一个极其偶然的机会，我亲眼看见了他们幽会。就点到为止吧。'我将烟灰弹在船舷外，在内心清晰地描绘着那个雨夜在生稻酒馆前的见闻。然而，三浦毫不迟疑，继续说道：'这对我来说无疑是最大的打击。我失去了肯定他们关系的一半根据。自然，我无法用先前那样善意的眼光去看待他们的关系了。这事应该发生在你从韩国回来的时候。那时，我每天烦恼该如何拆散妻子和她的表弟。那个男人的爱意里有虚假，而我妻子的爱意无疑是纯粹的。对此深信不疑的我，坚信同时为了妻子自身的幸福，有必要干涉他们的关系。但是他们，至少我妻子，察觉到我的态度后，好像理解为一直被蒙在鼓里的我发现他们的关系后，心生嫉妒。因此，我妻子自那之后开始对我实施抱有敌意的监视。不，或许有时甚至对你也进行了同样的防备。'我说：'说起来，你妻子曾经偷听我们在书斋的谈话。'三浦说：'对吧。她确实是会干那种事的女人。'好一会儿我们缄口不语，眺望着黑暗的河面。这时，我们的猪牙船已经钻过御厩桥，在水面上缓缓前行，来到了驹形码头附近的林荫道旁附近。这时，三浦又低沉地说了起来：'可是，我还没有怀疑妻子的诚实。因此，我的心意无法与妻子相通。岂止无法相通，反而招到对方憎恨，光这个就让我更加烦闷。从去新桥接你一直到今天，我始终在和这种烦闷战斗。然而，就在一周前，因女佣的失误，寄给妻子的信件被送到了我的书斋。我立刻想到了妻子的表弟，而且——我终于拆开那封信看了。令我没想到的是，那信竟是其他男人写给妻子的情书。换句话说，妻子对那个男人的爱情也并不纯粹。这第二个打击的威力远超第一个打击，粉碎了我所有的理想。不过，事实上与此同时，我也体会了瞬间责任变轻的这种可悲的宽慰。'三浦说完时，正好对面河岸的一排排仓房上，升起了一轮又大又红的十六的月亮。我刚刚看到那幅芳年的浮世绘，由穿着西服的菊五郎想起三浦的事，尤其是因为那轮红月酷似那场戏中的月亮。那个皮肤白皙、瓜子脸、中分长发的三浦，眺望着那轮升起的满月，忽然长叹一口气，带着寂寞的微笑说道：'你曾经将神风连舍命相争贬低为幼稚的梦想。

那在你看来，我的婚姻生活也是……'我说：'是的，或许也是幼稚的梦。不过，我们现在的文明开化的目标，在百年之后回首不也同样是幼稚的梦想吗。……'"

正当本多子爵说到这时，不知何时走近我们身旁的门岗告知我们，闭馆时间已经到了。子爵和我缓缓起身，再次观看了周围的浮世绘和铜版画，随后静静地走出了这间昏暗的陈列室，仿佛我们自己也是那个从玻璃展柜中飘出来的过去的幽灵。

大正八年（1919）一月

橘　　子

　　一个阴冷的冬日傍晚，我坐在横须贺始发、北上东京的二等客车的一角，心不在焉地等待着发车的汽笛声。车厢里早已亮起了电灯，难得的是，除了我之外再也没有其他乘客。朝窗外看去，今天不同于往常，昏暗的站台上连送行的人影都没有，只有被关在笼子里的一只小狗，时不时地发出几声哀嚎。这些景象和我当时的心境出奇地不谋而合。有种难以言状的疲劳与倦怠在我的脑海里落下阴影，宛如下雪前的天空一样阴沉沉的。我双手插在大衣的兜里一动不动，甚至连掏出晚报的兴致都没有。

不一会儿发车的汽笛声响了。我心头略感舒坦，把头靠在身后的窗沿上，漫不经心地等待眼前的停车场缓缓向后倒退。然而，车还未开动，只听见从检票口方向传来急促的晴日木屐的脚步声。紧接着，在列车员的骂骂咧咧中，我所在的二等车厢的门哗啦一声开了，一个十三四岁的小姑娘慌慌张张地走了进来。与此同时，列车车身猛地一晃，缓缓地开动了，依次从眼前掠过的站台上的廊柱、仿佛被遗忘的运水车，还有正向车里付小费的客人道谢的戴红帽子的搬运工——这一切，在刮到车窗上的煤烟中，依依不舍地朝后倒退。我也终于松了口气，点上卷烟，这才抬起懒洋洋的眼皮，瞥了一眼坐在对面位子上的小姑娘。

那是个地道的乡下姑娘。她干枯的头发绾成银杏髻，两个脸蛋上布满了一道道皲裂的横纹，红得让人感到不快。脏兮兮的草绿色毛线围巾耷拉到膝盖，上面放着一个大包袱。满是冻疮的手，像个宝似的紧紧地攥着一张三等座的红色车票。我不喜欢这个小姑娘粗俗的长相，而且对她那邋遢的穿着也感到不快。最后，令我气愤的是，她愚钝得竟连二等座与三等座都分不清。点上烟后，我漫不经心地把兜里的晚报展开在膝盖上，其一也是想忘记这个小姑娘的存在。这时，窗外落在晚报上的光线突然变成了电灯光，印刷粗糙的几行铅字格外鲜明地映入眼帘。不用说，火车现在已经驶入了横须贺线多条隧道中的第一条隧道。

灯光下的晚报版面，一眼扫去净是些世间平淡无奇的报道，无法排遣我的忧郁。媾和问题、新婚夫妇、渎职事件、讣告……我在进入隧道的一瞬间，产生了一种错觉，仿佛火车正在逆向行驶，同时机械地浏览了那一则则索然无味的报道。当然，这期间我始终不得不意识到那位小姑娘坐在我前面，她的神色就好似人格化的鄙俗现实。隧道中的火车、这位乡下的小姑娘，加之净是些平凡报道的晚刊——这不是象征又是什么呢？这若不是不可理喻、粗鄙无聊的人生的象征，又会是什么？我感到心灰意冷，将没有读完的晚刊扔在一旁，又头倚着窗沿，像死人似的闭上双眼，打起盹来。

过了几分钟后，我感觉受到了惊吓，不由得环视了四周。不知何时那个小姑娘从对面的座位移到了我身旁，不停地试图打开窗户。但是，厚重的玻璃窗好像总是不能如愿打开。那张满是皲裂的脸蛋愈发通红，一阵阵抽鼻涕的声音伴随着微弱的喘息声急匆匆地传入耳朵。当然这足以博得我的几分同情。暮色中两侧尽是枯草的明亮的山腰逼近窗户，火车眼看着就要驶到隧道口了。尽管如此，这个小姑娘还要特意打开关着的窗户。我不理解她的理由。不，在我看来只会觉得是她心血来潮。因此，我的内心依旧不悦，冷眼观望着那双生着冻疮的手拼命地打开玻璃窗户，仿佛在祈祷她永远不要成功。不一会儿，火车发出轰隆隆的响声冲进隧道，就在那时，小姑娘想要打开的窗户终于啪的一声落了下来。紧接着，一股像是煤炭燃尽的黑色空气顷刻间变成令人窒息的烟雾，从方形的窗洞里滚滚地涌入车厢。我本来嗓子就不舒服，都来不及掏出手帕蒙脸，就被扑面而来的浓烟呛得咳嗽不止，连气都喘不上了。

然而，小姑娘对我毫不在意，把头伸出窗外，银杏髻的鬓发在黑暗的风中微微摆动，目不转睛地盯着火车前进的方向。我在煤烟与灯光中眺望着她的身影，窗外转眼间亮了起来，泥土、枯草和水的气息冷飕飕地扑进来，我总算止住了咳嗽。如果不是这样，我定会劈头盖脸地训斥这个不认识的小姑娘，并让她把窗口像原来一样关好。

但是，火车那时已经安然地穿过了隧道，正在通过夹在满是枯草的山岭中的某个贫苦小镇尽头的道口。道口附近，寒碜的茅草屋顶和瓦屋顶杂乱无章地挤在一起。大概是道口员挥动的原因，只见一面发白的旗帜在暮色中懒散地摇摆着。火车刚驶出隧道，我看到萧条的道口栅栏对面，三个红脸蛋的男孩挤在一起站着。他们个子都很小，仿佛是被阴天压矮了一般，穿着和这小镇尽头凄惨的风景相同颜色的衣服。他们抬头看着火车驶过，一齐举起手，扯着稚嫩的嗓子大声地拼命叫喊，不知道在喊些什么。就在那一瞬间，那个从窗口探出半个身子的小姑娘，突然伸出那双生着冻疮的手，使劲地向左右摆动。转眼间，只见送行的孩子们头上，五六个与悦人心弦的和煦阳光相同色彩的橘子依次从天而降。我不由得屏住呼吸，顿时恍然大悟：小姑娘，这个正赶往雇主家帮工的小姑娘，把揣在怀里的几个橘子从窗口扔了出去，慰劳特意到道口来送行的弟弟们。

被暮色笼罩的小镇尽头的道口、像小鸟鸣叫般的三个小孩以及散落在他们头上的橘子鲜艳的颜色……这一切从火车窗外瞬间闪过。这个光景鲜明地烙在我的心头，让我揪心。就这样，我意识到一种妙不可言的豁然开朗的情绪涌上心头。我昂然抬头，仿佛在看另一个人似的注视着那个小姑娘。

小姑娘不知何时已经回到对面的位子上。她那满是皲裂的脸颊埋在草绿色的毛线围巾里，抱着大包袱，紧紧地握着那张三等车票。

……

这时，我才聊以忘却那难以言状的疲劳与倦怠以及不可理喻、粗鄙无聊的人生。

大正八年（1919）四月

圣·克里斯朵夫[①]传

小序

我曾在《三田文学》杂志上发表《基督徒之死》,

[①] 即 Christophoros,意为背负基督之人。相传为 3 世纪的殉教者,基督教十四救难圣人之一。

本篇与之同出所藏的耶稣会版 *Legenda Aurea*（《黄金传说》），是将其中的一章稍加润色而成的。只是，《奉教人之死》是日本基督教徒的逸事，而《圣·克里斯朵夫传》自古以来就是欧洲天主教诸国广为人知的圣徒传记的一种。有关我对 *Legenda Aurea* 的介绍，若是将两者参照阅读，或许可以一窥全貌。

传记中近乎滑稽的时代与地点错误层出不穷。然而，我为了不损坏原文的时代特色，特意没做任何删改。只要诸位君子不疑我没有常识，实则万幸。

一　隐居深山

这是很久以前的事。在叙利亚①国的深山里，住着一个叫"列普罗布斯"的怪汉。那时，虽说耶稣的神光普照天下广袤无边，但像列普罗布斯般的彪形大汉，却无一人。他身高怕是三丈有余。头发宛如葡萄藤蔓，

---

① 旧约圣经时代的国家。位于黎巴嫩山与地中海之间，包括幼发拉底河至巴勒斯坦地区。

里面住着若干只可爱的山雀；更别提起手脚宛若深山中的松柏，脚步声回荡在七个山谷之中。每日猎食，只要动动手指，鹿熊之类便粉身碎骨，唾手可得。有时下到海边捕鱼，只需将垂着一簇簇海松般胡须的下巴往沙滩上一搁，吸一口海水，鲷鱼啦鲣鱼啦都会摇头摆尾哗哗地流进嘴里。如果有货运船正巧驶过，就会因这不合时宜的潮水涨落而剧烈晃动，吓得掌舵船夫惊慌失措。

但是，列普罗布斯生性善良，居住在山中的樵夫猎人自不用说，也不曾加害来往过路的旅客。他反而推倒樵夫伐不倒的树木，抓住猎人追丢的野兽，将旅客背不动的行李扛在自己肩上，总是乐于助人。这远近的山里没有一人讨厌他。有个村子，曾走失一位牧童。夜里，牧童的父母发现有人推开天窗，大吃一惊，抬头一看，只见列普罗布斯簸箕般大的手掌托着酣睡的牧童，在星空下悠哉地走下来。他的心地完全不像是山中怪物，是何等地令人钦佩。

因此，山里人遇到了列普罗布斯，也经常会拿出年糕、酒水等招待，亲密无间地畅谈。且说某日，一群樵夫伐木,来到扁柏树丛生的密林,这时怪汉慢吞吞地从山白竹的竹林深处走出来。出于款待之心,樵夫们焚烧落叶,为他热酒。虽说壶里的酒对列普罗布斯而言只有点滴,他却格外开心。他把樵夫们吃剩的饭投喂给在头上筑巢的山雀,盘腿而坐,说道:"敝人既然生来为人,应当立功扬名,封侯拜相。"樵夫们听了也打趣地说:

"这话在理。有你这般力气的话,攻陷城池两三个,还不易如反掌?"

这时,列普罗布斯若有所思地问道:

"可是眼下有件麻烦事。敝人一向都只住山里,完全不知道应投靠在哪位将军的麾下,从军打仗。因此,当今天下,究竟哪国大将才是盖世无双的强者?不管是谁,敝人自当鞍前马后,尽忠效命。"

"原来是这事。在我们看来,当今天下,要说勇武当属安提阿城[①]的国王。"樵夫们回答。怪汉听后十分喜悦:"那我立刻启程。"说罢,他那小山一样的

---

① 即 Antiochia,罗马帝国时代第三大城市,古叙利亚首都。

身体站了起来。这时,奇怪的是,他头上的山雀一下子喧嚣地振翅飞向空中交错如网的树梢,就连雏鸟都一只不剩。它们都停在了树枝斜向生长的扁柏树背面,那树宛如挂满了山雀果实般。列普罗布斯诧异地看着这群山雀,不一会儿又想起了初衷,和聚在脚下的樵夫们殷勤地道别后,再次踏开森林里的白竹林,就像方才来时一样,独自阔步走向深山。

因此,列普罗布斯想封侯拜相的事传遍了远近的山里。没过多久,又有风闻传来。传闻在靠近国境的湖边,有艘大船陷进了烂泥中,许多渔夫正苦于拖曳其不起。这时不知从哪儿冒出一个奇怪的大汉,猛地抓住桅杆,毫不费力地拉到了岸边。一行人还在目瞪口呆,而大汉早就不见了踪影。熟知列普罗布斯的山里人都明白,这个热心肠的大汉终于离开了叙利亚。每当抬头看到西边群山屏立的天空时,都恋恋不舍,不由得长吁短叹。更别提那个牧童了,每当夕阳西下时,他一定会高高地爬上村头的一棵杉树,像是忘记了树下的羊群,悲伤地叫喊着:"列普罗布斯,我想起了。你爬山越岭去哪儿了?"那么,列普罗布斯之后遇到了什么好事，想知道的朋友们请接着往下读。

二　朝福夕祸

　　不久列普罗布斯毫不费力地来到安提阿。与乡下的山村大不相同，都城安提阿那时正是天下无双的繁盛之地。所以当大汉一进城，围观的男女人山人海，堵得道路水泄不通。而列普罗布斯也不知何去何从，被腰间的人群挤来挤去，站在达官贵人望衡对宇的十字路口呆立不动。这时，正好抬着国王御辇的护卫队走了过来。围观的人群留下大汉一人，转眼疏散开来，躲闪到了一旁。于是，列普罗布斯将他那象腿般的大手伏在地上，在御辇前俯首说道：

　　"敝人是山里人，列普罗布斯。听说当今安提阿的国王是天下无双的大将，于是千里迢迢前来，愿为您效劳。"

　　方才国王的侍从们被列普罗布斯的模样吓破了胆，几乎剑要出鞘了。听他这样明志，便知其没有异心，命令队伍停下，由总管向国王奏明事由。国王随后发话："这般彪形大汉，必定勇武过人。应为我所用。"列普罗布斯受到特别的认可，当即被收编到国王的护卫队。其喜悦自不用说。他跟在国王的队列后方，扛着三十名大力士也抬不起的十只御橱，扬扬得意地走到不远处的宫城门口。那时的列普罗布斯肩扛小山一样的御橱，俯视着眼皮子下的一行人马，挥着大手大步向前。他那怪异的模样格外惹人注目。

从此以后，列普罗布斯穿上漆纹麻布军服，腰佩朱鞘长刀，变身差役朝夕保卫王宫。幸运的是不久其扬名立功的机会就来了。邻国大军为拿下这个都城，蜂拥来犯。听闻这邻国大将徒手可擒狮王，是万夫莫敌的勇者。两国交战，就连安提阿的国王都不敢等闲视之。于是，此次钦点新近编入的列普罗布斯为前锋，国王亲自坐镇大营，号令三军。这也理所当然，担此大任的列普罗布斯欣喜若狂，手舞足蹈。

不久，队伍整装待发，国王令列普罗布斯打头阵，战鼓响号角鸣，浩浩荡荡朝着国境上的原野前进。两军交战本就正中敌军下怀，见此阵势，敌军怎么会有片刻的犹豫？顷刻间，原野上延绵的战旗此起彼伏，杀声震天，眼看就要厮杀起来了。这时，只见安提阿的阵营中，慢吞吞地走出一名大将，不是别人，正是列普罗布斯。巨汉今日的装扮是，头戴牛角盔，身穿铁铠甲，手持七尺大薙刀①，活生生像座天守阁，走起路来大地都显得狭小。列普罗布斯叉开双腿阻挡在两军之间，挥动大刀遥指敌军，声若惊雷，大声叫唤：

"远处的给我听着，近处的给我看着。我乃安提阿国王麾下的猛将，众所周知的列普罗布斯。承蒙大王厚爱，今日任军中先锋大将，出军在此，有胆识者请上前与我一决高下。"听说古时非利士族豪杰歌利亚，身披鱼鳞铠，手提大铜矛，叱咤在百万大军中。而列普罗布斯勇猛无双的身姿与之相比，也毫不逊色。果然邻国的精兵们好一会儿鸦雀无声，无人上前应战。敌国大将想必也认为，如果不除掉这大汉，必败无疑吧。于是，他身着精美的铠甲，拔出三尺大刀，策马前行，大声自报家门后直指列普罗布斯猛扑过来。然而，这

---

① 长柄宽刃大刀，日本僧兵与近世女子的常用武器。

边列普罗布斯却不当回事，只见他抽出大薙刀，砍了两三刀后，哐当一声丢下武器，伸出猿臂，将敌方大将从马鞍上抓起，像抛石头一样将他抛到遥远的天边。那敌军大将在空中猛地打转，咚的一声落在这边的阵营中，摔得粉身碎骨。几乎与此同时，间不容发，安提阿的大军齐声呐喊，簇拥着国王的御辇，像雪崩一样攻向敌方。邻国敌军无法抵挡，军心涣散，丢盔卸甲，四散逃命。话说，安提阿国王这天大获全胜，光是砍下的首级，比一年的天数还要多。

国王十分喜悦，凯旋高歌，班师回朝。不久便给列普罗布斯加官晋爵，还大宴群臣，犒劳三军。事情就发生在那个举办庆功宴的晚上。当时按照各国的礼仪，那晚也来了位著名的琵琶法师①。在大烛台的火光下，津津有味地拉着弦，绘声绘色地说唱着古往今来交战的故事。那时，列普罗布斯夙愿得偿，开怀大笑得都要流口水了，心无旁骛地对饮着红葡萄酒。醉眼蒙眬，无意中看到坐在对面锦绣帷幔中的国王的一反

---

① 日本平安时代的盲眼僧侣，以弹琵琶为职业。本文中有关装束的表达借鉴了室町时代末期的《军记物语》。

往常的举动。在检校的故事中,一唱到恶魔一词,国王必定慌张地举起双手,画十字印记。那举动并不奇怪,而是庄严。列普罗布斯冒昧地问同坐的武士:"国王为何像那样画十字架?"

那个武士答道:"总而言之,恶魔这东西玩弄天下人于股掌之间,有大法力。国王想必是要去除魔障,才反复画十字,以保龙体平安。"

列普罗布斯听后,拐弯抹角地又反问道:"可是,我听说安提阿国王乃天下无双的大将。那么,恶魔连殿下的一根手指都不敢碰吧。"

只见武士摇摇头,回答:"哪里。哪里。殿下也没有魔鬼那般的威力。"

怪汉听完顿时勃然大怒,大声喊道:"敝人之所以效命陛下左右,是因为听闻陛下是无双勇者。可是,如果连陛下都要向魔鬼折腰,那敝人这就退下,去给恶魔当差。"说罢扔掉酒杯,便要起身离开。在场的武士们,原本就嫉妒列普罗布斯此次的战功,便异口同声地谩骂道:"喂!这厮要谋反了。"立刻争相起身从四面八方扑过来要抓住他。若是往常,列普罗布斯是不会让这些武士得手的。但是那晚，他因喝得酩酊大醉，片刻间面对众多对手，被抓住又挣脱，推推搡搡打斗一番后，终于因为脚下一滑，不由得咚的一声摔倒在地。武士们如愿以偿，纷纷扑上去叠在一起，将暴怒的列普罗布斯五花大绑。国王也尽情观看了这一狼狈的场面。

"恩将仇报的家伙。速速押入土牢。"因为触怒国王，列普罗布斯当晚便被监禁在脏乱不堪的地底牢房中，真是可怜。沦为安提阿城阶下囚的列普罗布斯之后又交到什么好运呢？想知道的朋友们请接着往下读。

三　与恶魔为伍

话说列普罗布斯到现在还五花大绑着被投进地牢黑暗的深渊里。一时之间，他只能像孩子一样嗷嗷地放声大哭。这时，不知何处忽然有一个穿着红色袍子的学士现身，亲切地问：

"为何你列普罗布斯会在这种地方？"怪汉事到如今泪如泉下，哀叹道："在下说了句要叛离国王投奔恶魔。便被关在这监牢中。呜呜呜。"

学士听后，再次亲切地问道："那你现在还想投奔魔鬼吗？"列普罗布斯点点头答道："现在还想呢。"学士十分满意这个回答，哈哈大笑，声音响彻地牢。不一会儿，学士第三次亲切地说道：

"你的愿望十分值得嘉许。我这就放你出这地牢。"说完，将穿着的红袍子罩在列普罗布斯的身上，神奇的是其全身绳索当即都断开了。怪汉的诧异自不用说。他战战兢兢地站起来，抬头看着学士的脸，恭敬地道谢：

"您替在下松绑绳索的大恩，我生生世世决不会忘记。可是，这土牢该如何逃出去呢？"学士这时又假笑着说："这有何难？"话音未落，立刻展开红袍子的袖子，将列普罗布斯夹在腋下。眨眼之间脚下一片漆黑，一阵狂风骤起，二人不知何时已经腾空，将地牢甩在身后，伴随着火花四溅，轻飘飘地飞向安提阿城的夜空中。那时，学士的身影正好背着即将沉落的月亮，仿佛一只奇怪的大蝙蝠张开乌云般的翅膀，一字形飞行在夜空中。

再说列普罗布斯简直吓破了胆,和学士一起飞翔在空中,像是离弦射到半空的箭一样。他用战栗的声音问道:

"阁下究竟是何许人也?敝人认为像您这么神通广大的博士,世上应该没有第二人。"

学士忽然发出瘆人的笑声,故意若无其事地说:"实不相瞒,我就是将天下人玩弄于股掌之间的本领强大的人呀。"列普罗布斯这才恍然大悟,学士的真面目就是恶魔。就在这一问一答的间隙,恶魔如妖星划过,一个劲地在空中飞。安提阿都城的灯火,现在已经沉入遥远的黑暗之中。不久后,浮现在脚下的是著名的埃及沙漠。广阔无边的沙海,在拂晓的月光下,看上去白茫茫的一片。这时,学士伸出长指甲的手指,指着凡间说:

"听闻那间茅草屋里住着道法灵验的隐士,我们先停到那个屋顶上吧。"说着,依旧把列普罗布斯夹在腋下,从空中飞舞飘落在沙丘背面的破房子上。

这就是住在破屋子里的老隐士。他全然不知夜深了，在微弱的灯光下诵读经书。忽然吹过一阵无法形容的香风，樱花如飞雪般缤纷飘落，不知从何处出现一位绝世美女。头戴玳瑁的发簪与梳子，犹如顶着佛光，身穿长袍曳着下摆，上面绣有地狱图，宛如天仙千姿百态，犹如梦境般出现在眼前。老翁想必觉得这埃及沙漠片刻间变成了日本室津与神崎的花柳街了吧。实在是不可思议，一时出神，呆呆地望着这绝世美女。这时，对方沐浴着飞雪般的落花，微笑地说道：

"我是安提阿都城的名妓。近日来，想要慰藉高僧的无聊，于是不远万里而来。"那声线优美，不亚于生活在极乐世界的频伽鸟。就连道法高明的隐士都差点着了她的道。老翁寻思着，这深更半夜，不可能会有美女从远在百里开外的安提阿都城过来。他已注意到，这一定又是恶魔的诡计，于是两眼专注经文，一心诵读陀罗尼经。可是那绝世美女下定决心，一定要拿下这老翁。只见她摆弄着绮罗衣袖，兰香与麝香袭人，婀娜多姿，如怨如诉道：

"虽说小女子出身风尘，但也走过这千里河山来到这片沙漠，奈何高僧竟不懂怜香惜玉。"那曼妙的身姿，令散落的樱花也黯然失色。老翁浑身流汗，一直诵读降魔咒语，充耳不闻恶魔的鬼话。那美人见一计不成，有点焦躁，突然掀起绣着地狱图的衣摆，斜身依偎在隐士的膝盖上，抽泣着哭诉道：

"您为何这么无情？"

老隐士见状像是被蝎子蜇了一样，跳了起来。他随即掏出贴身佩戴的十字架，声若霹雳般呵斥道：

"孽障，不可对主耶稣基督的使徒无礼。"话音未落，便朝美人脸上扇去。美人被打，柔弱地俯伏在落花中，瞬间不见了踪影。只见升起一缕黑云，奇怪的火花如小石子般四溅。

"哎呀，好痛。又被十字架打着了。"呻吟声逐渐爬上屋顶消失了。隐士心中本就料到此结局，始终不停地高声诵读秘密真言。转眼间黑云消散，樱花也不再飘落，茅草屋里又恢复如初，只剩一盏孤灯。

然而，隐士认为来自恶魔的业障尚未除尽，于是，仰仗经文的加护，彻夜没有合眼。不久，天空微明，有人敲柴门，隐士单手持十字架出去一看，这又是为何？只见茅草屋前有小山似的巨汉蹲在地上，正在毕恭毕敬地行礼。他是从天而降,还是从地底下钻出来的呢?他的肩后,黑暗的天空早已涂上一抹朱红。巨汉在隐士面前低头行礼,诚惶诚恐地说:

"敝人列普罗布斯,来自叙利亚,是居住在山里的一介莽夫。最近无意间成为魔鬼的手下,不远千里来到这埃及的沙漠。而恶魔难以战胜基督耶稣的法力,丢下我一个人,逃之夭夭了。我本一心寻找天下无双的强者,立志侍奉其左右。所以,虽有失礼节,但请收我为主耶稣基督的仆人吧。"

老隐士伫立在茅草屋前,听后不禁蹙眉答道:

"哎呀!您这已落入无法挽救的处境了。总之,凡是做过恶魔手下的人,除非枯树开花,否则是不会受到主耶稣基督的知遇的。"听罢,列普罗布斯再次俯首恳求:

"哪怕是千秋万载,敝人已下定决心,要贯彻初衷。既然如此,那请先告诉我怎么做才符合主耶稣的尊意。"于是,老隐士与怪汉一本正经地交谈起来:

"足下通晓圣经的词句吗?"

"不巧,我一窍不通。"

"那能否断食修行？"

"这怎么行？我是有名的大胃王。断食修行怕是办不到。"

"这就难办了。那能否彻夜不眠？"

"这怎么行？我是有名的瞌睡虫。彻夜不眠怕是做不到。"

话说到这份儿上，老隐士实在是接不上话茬了。许久，他啪地一拍手，得意扬扬地说道：

"从这往南不到四千米处，有条叫流沙河的大河。这条河烟波浩渺，急湍甚箭，平日里行人和马匹都难以过河。可是，足下这般高大，涉水过河想必轻而易举。因此，足下今后就做此河的艄公，帮助来往的人渡河吧。你若真心待人，主必真心待你。"

听完这话，大汉干劲十足："好。那我就当这流沙河的艄公。"

老隐士见列普罗布斯志向可嘉，格外高兴："那么，我现在就给你洗礼。"说罢亲自抱着水罐，缓缓地爬上茅草屋顶，这才勉强地将水罐里的水洒在大汉的头上。这时，不可思议的事发生了：洗礼仪式还未结束，刚好旭日东升，金光灿烂照耀大地，不知怎的云雾缭绕，霎时又变出多不胜数的山雀，纷纷飞舞到列普罗布斯耸立空中乱如蓬草的头上。看到此番神奇的景象，老隐士竟忘记了洒圣水的方向，出神地望着旭日。过了片刻，毕恭毕敬地朝天叩拜，从屋顶招呼列普罗布斯：

"虽说惶恐，但你既然已经接受洗礼，今后你就从列普罗布斯改名为克里斯朵夫吧。看来，主十分嘉奖足下的志向。倘若能够刻苦修行，毫不懈怠，那么一定可以拜见主耶稣基督的真容。"那么，改名为克里斯朵夫的列普罗布斯而后会交何好运呢？想知道的朋友们请接着往下读。

四　得道升天

克里斯朵夫与老隐士道别后，来到了流沙河。这河果真浊流滚滚，百里惊涛骇浪，摇曳着岸边的芦苇。这情形，哪怕是摆渡撑船也不容易过河。可是怪汉身高三丈多，走到河中央时，水流打着漩涡也才不过刚到肚脐。克里斯朵夫便在河边结庐而居，偶见有路人为过河而发愁时，立即迎上前去，说："我是流沙河的艄公。"一般旅客初见怪汉的骇人身形，还以为是魔王波旬①，吓得魂飞魄散，四散逃开。而不久后便知道他心地善良，认真地接受了他的帮助："那就受你关照了。"战战兢兢地爬上克里斯朵夫的后背。这是常有的事。话说克里斯朵夫将行人驮在肩上，拄着用水边连根拔起的柳树做成的结实的拐杖，毫不在意波涛汹涌的水流，哗啦啦地蹚着河水，轻松地到了河对岸。这期间无数只山雀，犹如柳絮纷飞，不停地在克里斯朵夫头上盘旋，欢快地啼叫。定是克里斯朵夫虔诚的信念，让天真的小鸟也不由得欢喜雀跃。

就这样，克里斯朵夫三年来风雨无阻，恪尽职守其艄公的职责。虽然求助渡河的行人众多，但是一次也没遇到神似主耶稣基督的人。然而，就在第三年的某个夜晚，时值狂风暴雨，电闪雷鸣响彻大地，怪汉守着山雀和茅屋，左思右想，感慨往事种种，如梦如烟。

---

① 佛教用语，欲界第六天魔王。

忽然有个可怜的声音压过滂沱大雨传入耳朵：

"艄公在吗？劳烦带我过河。"

于是克里斯朵夫起身，摇摇摆摆地走到屋外的黑夜里。怎么回事？闪电在空中纵横炸裂，只见一位不满十岁的眉清目秀的白衣童子，低着头孤身一人伫立在河边。怪汉觉得罕见，弯下重如磐石的身子，安慰地问道："你为何在这样的深夜独自出门？"童子抬起悲戚的眼神，忧郁地答道："我要回父亲的身边。"

克里斯朵夫听他这样回答，越发心生疑虑，但看他急着过河的样子，又觉得可怜，便体贴地说："这不是难事，我送你过河。"他双手抱起童子，像往常一样驮在肩上，拄着那把粗拐杖，拨开岸边的青芦苇，大胆地扑通一下跳进了夜晚里狂风暴雨肆虐的河中。然而，狂风翻卷着黑云，呼呼作响令人无法呼吸。大雨如箭，像要穿透河底一样倾盆而下。这时，闪电划破夜空，放眼望去只见河面上浪花激荡，半空中烟水蒙蒙，宛如无数天使展开雪白的双翅来回飞舞。即便是克里斯朵夫，今夜过河也备感不易。他紧紧地拄着拐杖，像基石腐朽的高塔，几次摇晃，步履不前。比起风雨更艰难的是，肩上的童子莫名地越来越重。起初还能承受得了，但快到河中央时，白衣童子愈发沉重，让人怀疑背的就是块大磐石。只见克里斯朵夫最终也被这重量压倒，意识到自己即将殒命流沙河中。就在这时，忽然耳边传来熟悉的山雀叫声。他诧异，小鸟为何在这黑夜里飞舞，便抬头仰望天空，不可思议的是，童子头上有一轮新月状光环金光灿烂。山雀们任凭狂风暴雨的吹打，飞向金光，欢呼雀跃。怪汉见此景，思量着小鸟尚且这么勇敢，而我既然生来为人，三年的修行，岂能毁在一夜？狂风飒飒，吹乱了他那葡萄藤蔓似的头发。惊涛骇浪，拍打着他的胸腹。他牢牢抓住几度要折断的粗拐杖，拼尽全力向河对岸赶路。

大概一个多时辰，克里斯朵夫历经千辛万苦，像战斗后精疲力尽的狮子王一样，终于气喘吁吁，踉跄地爬上河对岸。他将柳木粗拐杖插在沙中，将童子抱下来，长叹一口气说：

"哎呀，你这个小童，高山与大海都没你沉啊。"

童子微微一笑，暴风雨中头上的金光愈发灿烂地

闪耀着。他抬头看着怪汉的面庞,满是怀念地答道:

"你说得是。今夜,正是今夜,你背起了肩负全世界苦难的耶稣基督。"那声音犹如铃声般清脆悦耳。

自那夜以后,流沙河岸边,再也见不到艄公怪汉非同一般的骇人身姿了。据说只有那根插在河对岸沙滩上结实的柳树粗拐杖留在那里。令人惊奇的是,那枯萎的树干周围,美丽的红玫瑰芬芳地盛开着。因此,《马太福音》也曾这样写道:"内心贫乏的人有福了,因为天国是他们的。"

大正八年(1919)四月十五日

沼　泽　地

那是一个雨天的下午。我在某绘画展的一个展厅里发现了一张小小的油画。说是"发现"难免有些夸张，但是，唯独这幅画被挂在采光最差的角落，画框极其简陋破旧，像是已被遗忘了。因此，事实上这么说也不为过。记得这幅画叫《沼泽地》，画家也并非什么名家。油画本身也只画了浑浊的水、湿润的泥土和土中繁茂的草木而已，因此恐怕对一般的看展人而言，确实不值一提。

匪夷所思的是，这位画家明明画的是茂盛的草木，却未用一抹绿色。芦苇、白杨和无花果的着色，全都是浑浊的黄色，犹如潮湿的土墙般暗沉的黄色。是这位画家实际看到的草木颜色就是如此，还是个人偏好，故意用这种夸张的手法？我站在这幅画前，欣赏画中风景的同时禁不住产生了这样的疑问。

但是我看着看着就觉得这幅画中潜藏着惊人的力量。特别是前景部分的泥土，画得相当逼真，让人真真切切地感受到踩进去时脚底的触觉。那是滑溜溜的淤泥，一脚踩进去，扑哧一声没过脚踝的感觉。我从这幅小小的油画中发现了试图敏锐地捕捉大自然的心酸的艺术家身影。就如从所有优秀的艺术作品中可以感知到的一样，我从这片黄色的沼泽地的草木中感受到了让人神往的悲壮的震撼。事实上，同一会场中挂着大大小小各式各样的画，但是怎么也找不出可以和这幅画相媲美的具有如此强烈感染力的画。

"您好像很欣赏这幅画呀。"有人拍着我的肩膀说道。我觉得恰是心头的什么东西被人抖掉似的,猛地回过头。

"怎么样?这幅画。"

对方用他那刚刮过胡子的下巴指了指《沼泽地》的画,漫不经心地说道。他穿着流行的茶色西服,身材魁梧,以消息灵通自居——他是报社的美术记者。这位记者之前给我留下过一两次不愉快的印象,因此我不情不愿地回答道:

"是杰作。"

"杰作——吗?这可真有意思。"

记者捧腹大笑。可能是被他的声音惊扰到了,在附近看画的两三个人不约而同地朝我们看了看。我更加不愉快了。

"这真有意思。本来这幅画不是会员的画。但是,因画家本人像口头禅一样念叨着要拿到这儿展出,于是遗属请求评委,这才终于可以挂在这个角落。"

"遗属?那就是说画这幅画的人已经不在了?"

"已经死了。说起来他在世时就虽生犹死。"

不知不觉好奇心战胜了我不愉快的心情：

"为什么？"

"这个画家很早之前就发疯了。"

"画这幅画的时候也是吗？"

"那当然。要不是疯子，谁会画这种颜色的画呢？而你却满怀钦佩，说是杰作。这可真是太有意思了。"

记者又得意扬扬地放声大笑。他也许料想我会羞于自己的无知吧。或是进而想让我对他优秀的鉴赏力留下印象，但他的两个期待都落空了。因为在听他说话的同时，一种几近庄严的感情给我整个身心带来难以言表的触动。我不寒而栗，再次凝视着这幅名为《沼泽地》的画，而后再次从这张小小的画布中看到了被极度焦躁与不安所折磨的心酸的艺术家身影。

"不过，听说他是因为不能随心所欲地画画才发疯的。只有这点，要认可的话还是值得认可的。"

记者神色轻松，高兴地微笑着。这是无名的艺术家——我们当中的一员，牺牲其生命才从这世间换得的唯一报酬。我全身感受到了异常的战栗，第三次看了看这幅忧郁的画。那灰蒙蒙的天空与水之间，湿漉滩的黄土色的芦苇、白杨、无花果,顽强地生长着,仿佛让人看到了大自然本身。……

"是杰作。"

我注视着记者的脸,昂然地重复道。

大正八年（1919）四月作

龙

凹──一──凸

宇治大纳言隆国[①]："哎呀哎呀，午睡梦醒后，感觉今天格外热呀。一丝丝凉风都没有，就连缠绕在那

---
① 本名源隆国（1004—1077），日本平安中期的公卿、文学家。

松枝上的紫藤花都纹丝不动。平日里听上去清凉的泉水声,混杂在蝉声中反倒让人觉得闷热。嗯,再让童仆们给我扇扇风吧。

"什么?路上的行人都齐了?那我们去那边吧。童仆们,且随我来,别忘了扛着那把大团扇。

"喂,各位,我就是隆国。请原谅我光着膀子,失礼了。

"说来我今天有事拜托各位,才特意劳驾各位光临我这宇治亭。最近我偶到此地,决心和别人一样写点小说。我独自细细想来,不巧没有什么拿得出手的故事。然而,对于我这样的懒人来说,最怕开动脑筋凝练故事了。因此,从今天开始,恳请过路的各位,你们每个人讲一个故事,让我编成小说。这样一来,必定会从四面八方收集到意想不到的奇闻逸事,车载斗量,不可胜数。能否劳驾各位帮忙实现我的愿望呢?

"什么?愿意帮我实现?那真是太好了。那么,我这就依次来听大家讲吧。

"喂,童仆们,用那个大团扇给在座的各位扇扇风。这样能稍微凉快点。铸工、陶工都别客气!你们二人都请坐到桌边来。卖腌鱼的妇人，桶最好放到那个廊子的角落，别让太阳晒着。法师也把钲鼓摘下来如何？那边的武士和山僧，你们也都铺好草席竹凉席了吧？

"好了吗？要是准备好了，首先请年长的老陶工随意闲聊点什么吧。"

二

老翁："哎呀呀，您太客气了！您说要把我们下等人所讲的逐一写成故事。光是这点，就我这种身份，实在是不敢当啊。可是恭敬不如从命，那就失礼了，就说个无聊的传说吧。耽误您一会儿的工夫，请听我细细道来。

"我们还年轻的时候，奈良有一个鼻子特别大的和尚，叫藏人得业惠印。他的鼻头像是被蜜蜂蛰过一样，一年到头都红得厉害。于是，奈良城里的百姓给他起了个外号'鼻藏'——原先叫大鼻藏人得业，后来嫌太长了，不知不觉就喊成鼻藏人。但是过了不久，还觉得长,正因为这样就'鼻藏''鼻藏'地喊开了。那时我也在奈良的兴福寺亲眼见到过一两次。难怪诽谤他叫鼻藏,果真是名副其实的红色天狗鼻①。某日夜里,这个外号鼻藏、鼻藏人、大鼻藏人得业的惠印法师,没带弟子一个人悄悄地来到猿泽池②畔。他在那棵采女柳③前的堤坝上高高地立起一块告示牌,上面写着大字'三月三日有龙于此池升天'。然而,惠印其实并不知道猿泽池里是否真的住着龙。更别说那龙三月三日要升天的事,完全是满口胡言。不,要说也应该是不升天才更加准确。那么他为何要开此等荒唐的玩笑呢?惠印不满平日里奈良的僧侣和俗人动不动就嘲讽自己的鼻子,这次想要好好捉弄他们一番,狠狠地出口气。因此着手设计了恶作剧。您听了一定觉得可笑吧。但这是以前的事,那时喜欢这样恶作剧的人遍地都是。

"话说次日第一个发现这块告示牌的是每天早上都来参拜兴福寺如来佛祖的阿婆。她手上挂着念珠,拄着

---

① 日语中天狗是指住在深山的妖怪,其特点是脸红鼻子高。
② 奈良兴福寺南大门前的放生池。
③ 采女为日本古代宫中的女官之一,侍从天皇与皇后左右。传说失去天皇宠爱的女官在猿泽池自杀,此处由此得名。

竹拐杖拼命地朝雾霭蒙蒙的池畔走来，发现采女柳的树下新立了一块告示牌。阿婆有点疑惑不解，心想要是法会的告示牌，可真是立在了奇怪的地方呀。可是她不识字，正要就那样走过去时，对面走来一位披着深灰色袈裟的法师，于是她就请对方念给自己听。'三月三日有龙于此池升天'，谁听到都会大吃一惊，那个阿婆也怔住了。她挺了挺弓着的腰背，望着法师的脸发呆：'这个池子里有龙吗？'据说法师反倒很镇定，向她说起法来：'从前，中国有位学者，眉毛上长了个瘤子，奇痒无比。某日霎时满天乌云密布，雷电交加，瓢泼大雨倾盆而下，那个瘤子忽然裂开，里面一条黑龙卷着云朵做一字状升天而去。连瘤子里都有龙，更何况这么大的池子底下！或许盘踞着几十条蛟龙毒蛇呢。'阿婆平日里就深信出家人不打诳语，听罢简直被吓破了胆，说道：'这样说来，我也觉得那边水的颜色看上去怪怪的。'虽然还没到三月三号，但是阿婆将法师甩在身后，气喘吁吁地念着佛，来不及拄竹拐杖，仓皇地逃跑了。要不是怕被人看到，这个法师早就捧腹大笑了，这也难怪。实际上他就是那个肇事者得业惠印，外号鼻藏。他不怀好意，想着昨夜立起来的告示牌，这会儿应该有人上钩了，于是一边在池边闲逛，一边察看动静。阿婆走后，又来了一位妇人，大概是起早赶路的旅客，让随行的仆人背着行李。她戴着斗笠，垂着薄面纱，正在抬头看告示牌。于是，惠印也站在牌子前假装在看，小心翼翼地拼命忍住笑意，而后像是诧异地哼了哼他那大红鼻子，随后便优哉游哉地折回兴福寺的方向。

"在兴福寺的南大门前面，他没想到碰见了住在同一个僧坊的名叫惠门的法师。他与惠印打过照面后，稍稍皱起那平日倔强的形似蚰蜒的粗眉头，说道：'师父难得起这么早啊。真是太阳打西边出来了！'这话正中下怀，惠印满脸笑容，得意地说：'说不定太阳真会打西边出来呢。听闻三月三日会有龙从猿泽池升天哩。'惠门听罢将信将疑，恶狠狠地瞪了惠印一眼，立刻带着鼻音冷笑道：'师父这是做了美梦吧。不，我听说梦见龙升天是个吉兆呢。'说罢，他仰着大脑袋瓜，正要走过去时，像是听到惠印自言自语般的嘟囔声：'哎呀，神佛难度无缘众。'惠门把麻绳高齿木屐的屐齿向后一扭，恶狠狠地回过头，用说法讲道般的语气追问：'还是说龙升天这事，你有什么确凿的证据？'惠印故意慢悠悠地指了指旭日初照的池子，鄙夷地答复：'如果您怀疑愚僧的话，去看看采女柳前的告示牌便知。'到底是倔强的惠门也被挫了锐气，他困惑地眨巴了一下眼睛，毫无兴致地说了句'啊。竖起了那样的告示牌吗？'就走开了。只是这回他歪着脑袋，好像在思考着什么。鼻藏人目送着他的背影，内心觉得十分可笑，这场景您大概能猜到吧。惠印总觉得红鼻子里头痒痒的，当他装腔作势走在南大门的石阶上时，不由得笑出了声。

"'三月三日有龙于此池升天'的告示牌在当天早晨就有如此的效应。更别说过了一两日，这个猿泽池的龙的传言已经传遍了奈良城的各个角落。本来有人说'那个告示牌怕是谁的恶作剧吧'，但是恰好有传闻京都的神泉苑有龙飞天，因此有这种想法的人心里也半信半疑，觉得或许真会发生这样的怪事。之后不到十天的时间里，这里又发生了一件意想不到的妙事。春日神社的一个神官，他的独生女年方九岁，某日夜里枕着母亲的膝盖迷迷糊糊犯困时，梦到一条黑龙像云一样从天而降，说起人话：'我终于要在三月三日升天了，但决不会给你们城里人添加麻烦。请安心。'女孩醒来后，立即原原本本地告诉了母亲。于是，转眼间又尽人皆知，说是猿泽池的龙托了梦。又有人添油加醋，说是龙附身那处的小娃身上作了首和歌啦，又说在这处的巫女身上显灵，授予神谕啦，就好像猿泽池的龙马上就要探出水面一样。不，或许还没有探出水面，不过其中甚至有男人说自己亲眼看到了龙的真面目。这是每天早上去市场卖鱼的老翁。那天天还没亮他来到猿泽池，只见黎明前漫漫的一池水，只有采女柳的枝条下，立着告示牌的堤坝下方的水面微光闪闪。当时正是关于龙的传言沸沸扬扬的时候。老翁心想：'看来龙要显灵了。'他说不上是高兴还是害怕，只是浑身颤抖，撂下河鱼担子，蹑手蹑脚地悄悄靠近，扶着采女柳，透过柳枝看向池子里。只见微亮的池底，一只像是缠着铁链的不知为何的怪物一动不动地盘成一团。那怪物像是被人声惊到一样，忽地迅速伸直盘曲的身躯，眨眼间池面上出现了一条水路，怪物随即消失得无影无踪。老翁看罢吓得浑身是汗，来到撂下担子的地方一看，发现要卖的二十几条鲤鱼、鲫鱼不知何时竟不翼而飞了。有人嘲笑说：'大概是被水獭精给骗了吧。'意外的是多数人认为：'有龙王镇守，那池中不可能有水獭。准是龙王怜悯鱼儿们的生命，将它们召唤到自己所在的池子里了。'

"话说鼻藏惠印法师，自从'三月三日有龙于此池升天'的告示牌闹得沸沸扬扬后，他暗地里抽动着大鼻子得意地嗤笑。然而，再过四五日就到三月三号的时候，没想到在摄津国①的樱井当尼姑的姑妈，说一定要看那龙升天，不远万里赶来了。这下可让惠印为难了。他又是吓唬，又是哄骗，想方设法让其返回樱井，但是姑妈说：'我都这把年纪了，只要能看一眼龙王，就死而无憾了。'她固执己见，坚持不走，对侄子的话充耳不闻。事到如今，也不能坦白那个告示牌是他的恶作剧，惠印最终让步了，不仅答应照顾姑妈到三月三号，还被迫约定当天一起去看龙升天。他又想到，就连当尼姑的姑妈都听闻了这件事，大和国自不用说，

---

① 现日本大阪府西北部与兵库县东南部地区的旧称。

就连摄津国、和泉国、河内国，兴许播磨国、山城国、近江国、丹波国一带都传遍了吧。也就是说，原来是想愚弄奈良城内老少的恶作剧，竟出乎意料地骗到了四周各国的几万人。惠印一想到这，非但不觉得可笑，反倒觉得害怕，就连朝夕带姑母游玩奈良的寺院期间都觉得内疚，像是躲着检非违使①的耳目隐姓埋名的罪人一样。可是，有时又听路人说，最近那个告示牌前供着线香和香花。惠印虽然内心深感不快，却又有立下汗马功劳的喜悦之感。

"就这样日子渐渐地一天天过去，终于到了龙升天的三月三日了。惠印有约在先，事到如今也别无他法，只好不情不愿地陪着老尼姑来到了一眼就能看到猿泽池的兴福寺南大门的石阶上。正好那天晴空万里，没有丝毫的风，门前的风铃纹丝不动。对这天翘首以盼的参观者们，不用说奈良城内了，从河内、和泉、摄津、播磨、山城、近江和丹波等国家也都蜂拥而至。站在石阶上望过去，眼到之处都是人山人海，挤满了各式

---

① 平安时代初期开始设置的令外官，掌管京都的治安与司法。

各样的礼帽，人声鼎沸，一直绵延到笼罩在朦胧的朝霞中的二条大街的尽头。到处都夹杂着蓝纱车、红纱车、白檀檐等风雅考究的牛车①，巍然地镇住周围的人浪。车篷上的金银配饰恰好在明媚的春光下，发出耀眼的光芒。此外，还有撑着遮阳伞的、高高拉起帷幕的，又或是夸张地在路上搭看台的，眼皮底下的池子周边的喧嚣景象宛如不合时令的加茂祭②。见此状，惠印法师做梦都没想到立了块告示牌竟引起如此大的骚动。他目瞪口呆地回头看了看老尼姑，可怜巴巴地说：'哎呀，来的人真多呀！'这天他连哼哼大鼻子的精神劲儿都没有了，就那样窝囊地蹲在南大门的柱子脚下。

"可是，本来老尼姑就无法领会惠印的心思，她拼命地伸长了脖子环顾四周，头巾都要滑下来了。她抓住惠印有一搭没一搭地聊起来，'果然龙神住的池子景色就是特别'啦，'既然来了这么多人，那龙神准会现身'之类的。惠印也不能一直坐在柱子根下，

---

① 牛拉的车，是日本平安时代贵族的交通工具。
② 旧指京都的贺茂别雷神社（现上贺茂神社）与贺茂御祖神社（现下鸭神社）的祭祀活动。古代于四月的第二个酉日举行。

勉强站起来看了看。这里也是人山人海地挤满了头戴软礼帽和武士礼帽的人，惠门法师也挤在其中，依旧顶着大脑袋瓜的他比别人都高出一头，正目不斜视地盯着池子的方向。惠印忽然忘记了之前的内疚，只是因为骗过了这个男人，便觉得可笑而独自偷乐。于是招呼了一声'师父'，嘲讽道：'师父也来看龙升天呀？'惠门傲慢地回过头，意外地一本正经，连粗眉头皱都没皱地回答：'是的。和您一样盼望已久了。'这个恶作剧有点过头了。——这样一想，惠印自然发不出兴奋的声音来，他又和原来一样一脸心虚，茫然地俯视着人群那头的猿泽池。池水已经变暖，水面幽光闪闪，周围堤防上的樱树、柳树等清晰地倒映在水面，一动不动，等多久都没有龙要升天的迹象。尤其是周边里三层外三层被人群围着水泄不通的缘故，今天的池子显得比平时要狭小得多，让人感觉池子里有龙这个说法原本就是无凭无据的谎话。

"然而，围观的人都紧张地凝视着，耐心地翘首盼望着龙升天，仿佛察觉不到时间一分一秒地过去。大门前的人海规模越来越大，过一会儿，牛车的数量也多了起来，有些地方甚至车马辐辏。看到这番景象时惠印羞愧难当的样子，参照前面的事情进展，可想而知。然而这时发生了一件奇妙的事。不知为何，惠印心里也开始觉得龙真的会升天——自己最初也觉得未必不会升天。立那块告示牌的本来就是惠印本人，所以他不应该有那样荒诞的想法。可是，眼下礼帽像波浪般起伏，他不禁觉得会发生这样的大事。这是围观者的心情无形中也感染了鼻藏，还是只因为立起了那块告示牌，就引起了这样的骚动，他感到心里过意不去，不知不觉企盼着龙真的升天呢？这些姑且不论。惠印非常清楚告示牌的内容是自己写的，即便如此，他羞愧的心情也逐渐消散，自己也和老尼姑一起不厌其烦地眺望着池面。要是没有这种想法的话，再怎么不情愿也不会在这南大门下面站上将近一日，等待着那不会升天的龙。

"可是，猿泽池一如既往地反射着春日里的阳光，一丝涟漪也无。天气依旧晴朗，万里无云。而围观的人依旧扎堆在遮阳伞和遮阳帷幕下，或者在看台栏杆的后面。他们从早上到中午，从中午到晚上，望眼欲穿地等待龙王现身，好像连太阳的移动都忘记了。

"惠印到那儿大概过了半日，空中飘起了宛如线香的一缕青烟般的云朵，转眼间就变大了，方才还晴朗的天空忽然暗了下来。就在那时，一阵风突然吹过猿泽池的水面，镜子般的水面泛起了无数的波浪。做好思想准备的围观群众也都惊慌失措，连发愣的工夫都没有，霎时间白茫茫的大雨倾盆而下。不仅如此，雷声也忽地震耳欲聋般响起，闪电像梭子不停地交错出现。风将聚集的云朵撕开一道口子，气势汹汹地在池中卷起水柱，刹那间，惠印朦朦胧胧地看到，水雾与云彩之间，一条十丈多长的黑龙闪着金色的爪子，笔直地腾空而去。然而，听说那只是一眨眼的工夫，只见在风雨中，池子四周的樱花朝着黑暗的天空飞舞。慌了神的围观群众不知所措地东跑西窜，在闪电下掀起了不亚于池水的滚滚人浪，事到如今也不必赘述了。

"且说不久大雨停了，云层里露出蓝天，惠印像是忘记自己的大鼻子了，慌慌张张地四下张望。刚才看到龙难不成是自己眼花的缘故？——想来，自己正是立下告示牌的人，因此总觉得不会发生龙飞天这等事。但他确实亲眼看到了，便越琢磨越觉得值得怀疑。于是把一旁柱子下像死人一样瘫坐着的老尼姑扶了起来，露出难为情的样子，怯生生地问道：'您看见龙了吗？'只见姑妈长舒一口气，一时开不了口似的，只是害怕地频频点头。过了一会儿用颤抖的声音回答：'当然看到啦，当然看到啦！是一只闪着金爪，浑身漆黑的龙神吧。'这么看来，看见龙并不是鼻藏人得业惠印眼花的缘故。不，之后听坊间传闻，那天在场的男女老少几乎都看到了黑龙穿云升天而去。

"后来，惠印不知为何坦白道，实际上那个告示牌是自己的恶作剧，但是惠门和同门的法师没有人把他的话当真。那么，他立告示牌的恶作剧，究竟有没有达到目的呢？即使去问外号鼻藏、鼻藏人、大鼻子藏人得业的惠印法师，恐怕他也答不上来。……"

三

宇治大纳言隆国道："这果真是个奇怪的故事。

从前那个猿泽池好像也曾住过龙。什么？不清楚从前是否住过？不，从前肯定住过。以前天下人都深信水底有龙。这样一来，龙自然翱翔于天地之间，像神一样时而现出不可思议的身姿。别再让我谈论了，还是让我听你们讲故事吧。接下来轮到云游僧了。

"什么？你要讲的是叫池尾禅智内供的长鼻子僧人的故事吗？刚听完鼻藏人的故事，你这一定更有趣。那么，快快请讲吧。"

大正八年（1919）五月作

疑　　惑

已是十多年前的事了。某年春天，我应邀去讲授实践伦理学课，在岐阜县大垣镇前后逗留了一周左右。本来我就对地方上一些有志之士的盛情款待不知所措，因此这次事先给聘请我的教育家团体去信，表明要拒绝接送、宴请、参观名胜以及其他一切借讲课名义的无用的消磨时间的活动。所幸，我是个怪人的风评也早已传到这个地方，不久，我到了那边之后，在团体会长即大垣镇镇长的斡旋下，不仅所有安排都如我所愿，连住宿都特意避开了普通的旅馆，定在了镇上一户世家N氏的别墅，一处雅静的住宅。我接下来要讲的，就是逗留期间在那所别墅里偶然听到的某桩惨剧的始末。

那个住宅所在之处，是巨鹿城附近的花柳街中最远离尘俗的一个区域。特别是我起居的书院式房间，八叠①大小，虽光线不佳，但拉门隔扇恰有几分古雅风趣，确实安静。照顾我生活的看管别墅的夫妻，没什么事时，总是待在厨房里，所以这个昏暗的八叠大小的房间，大抵很冷清，没有人烟。木兰花的枝条垂在花岗石的洗手钵上，偶尔落下几朵白花，此处安静得甚至可以清楚地听见花落的声音。我每天只有上午出去讲课，下午和晚上待在这个房间里，悠然自得。但同时，除了一个放着参考书和换洗衣物的皮包外，我

---

① 叠是计算榻榻米数量的词。一叠即为一张榻榻米大小。

别无长物，因此想想自己，也常常会觉得春寒料峭。

不过，下午偶尔会有客人到访，正好解闷，倒也不觉得寂寞。但是，当点燃那竹筒做成的古风煤油灯时，有活人气息的世界一下子缩小到我周围被微弱灯光照亮的一方地，而且我完全不觉得这周围有安全感。身后的壁龛上庄严地摆放着一个没插花的青铜瓶。那上方装饰着一幅奇怪的杨柳观音的挂轴，装裱在发黑的锦缎上，色彩模糊。我偶尔从书上抬起头，回头欣赏这幅旧佛像时，总觉得能闻到哪里散发出的线香气味，其实根本没有点香。房间里笼罩着如此这般宛如寺庙的幽静。因此，我经常早睡，但躺下了又难以入睡。挡雨板外夜间小鸟的声音总是远近飘忽不定地惊醒我。鸟声让我的心里想起了坐落在这个住宅上方的天守阁。白天看过去，天守阁在葱郁的松树之间掩映着三层白墙，屋顶的飞檐上方，无数只乌鸦在盘旋。我不知何时迷迷糊糊地进入浅睡眠，却仍意识到心底飘荡着如水般的春寒。

在某个夜晚——那是计划的演讲日期即将结束的时候。我一如往常在煤油灯前盘腿而坐，漫不经心地沉浸在书中，突然与隔壁房间相邻的拉门安静地开了，静得瘆人。注意到门打开时，我潜意识盼着看守别墅的人来，想着正好拜托他投递方才写好的明信片，无意中朝那边瞟了一眼。拉门旁边昏暗的光线下，端坐着一位我完全不认识的四十来岁的男人。说实话，那一瞬间，我惊掉了下巴——与其这么说，不如说被神秘的恐怖感所威胁。实际上，那男人确实吓人，他沐浴着朦胧的灯光，宛如幽灵。然而，当我和他目光相遇时，他一副老派作风，高高地伸出双臂，毕恭毕敬地低头行礼，声音比想象的要年轻，近乎刻板地陈述了如下的问候语：

"深更半夜，还在您百忙之中前来叨扰，实在是抱歉。但正好有事想拜托先生，便顾不上礼节，贸然登门。"

我总算从方才的惊愕中清醒过来，趁着这个男人解释的工夫，开始冷静地观察他。他额头开阔，面颊消瘦，深邃的双眼不符合年龄，头发花白，风度翩翩。和服短褂与裙裤虽然没有家徽，倒也不寒碜，而且膝盖前还端正地摆着一把扇子。只是，转瞬之间刺激到我神经的是,他的左手少了一根手指。我无意中看到后,不由得将目光从那只手上移开了。

"您有何贵干?"

我合上正在读的书,冷淡地问道。不用说,我对他唐突的造访既意外又生气。同时,我又疑惑别墅管理人竟没有通报此次来客。但是,听到我冷淡的言语,这个男人并不气馁,再次将头磕到榻榻米上行礼,依旧照本宣科地说:

"抱歉没能及时告诉您。我叫中村玄道,每天都去听您的讲座。当然,听众较多,您肯定不记得我。还望以此为缘分,往后请先生您多多指教。"

至此我总算领会了这个男人的来意。但是,他半夜扰了我读书的雅兴,我依旧感到不痛快。

"这么说——您是对我的演讲抱有什么疑问吗?"

我虽口头这么问,但内心悄悄地想好了较为得体的场面话,"有问题,请在明天的演讲会场问吧"。但是,对方还是面不改色,视线一直落在穿了和服的膝盖上:

"不,没有问题。虽没有问题,但实际上就我个人的行为，务必想听听您的意见。说来，大概二十多年前，我遇到了一件意想不到的事，其结果连我自己都弄不明白了。因此，我想若是能请教像您这样的伦理学界的大家，自然就会有结论。于是，今晚冒昧不请自来。您意下如何？可否烦请您听听我的遭遇，解解闷气？"我犹豫该如何回答。确实，从专业上来说我是伦理学者，但很遗憾我不是头脑灵活的人，不能运用专业知识灵活地解决眼前的实际问题，因此不敢自负。他好像立刻注意到我有所顾虑，抬起一直停留在膝盖上的视线，胆怯地观察我的脸色，用比之前稍稍自然点的声音，殷勤地恳求说：

"不，当然不是强求老师您作是非判断。只是，我到了这种年纪，始终为这事所恼，哪怕只是和您倾诉下这期间的苦楚，多少也能让我有几分宽慰。"

听他这么一说，我于情于理都得听听这个陌生男人的话，同时又有不祥的预感与茫然的责任感沉重地压在我的心头。我一心想拂去这些不安，故作轻松，直接招呼对方到昏暗的煤油灯对面：

"那么，就先听听你的故事吧。不过，听完后我能否给出值得参考的意见还不得而知。"

"哪里的话。只要您愿意听，我就心满意足了。"

这个自称中村玄道的人用缺失一根手指的手拿起榻榻米上的扇子，不时地悄悄地抬起眼，与其说是看我，倒不如说是偷看壁龛里的杨柳观音。他用没有感情波动的忧郁的语调断断续续地开始叙述。

此事正好发生在明治二十四年（1891）。您知道，明治二十四年正是浓尾①大地震那年。自那以后大垣也完全变了样。那时这个镇上刚好有两所小学，一所是藩主建的，另一所是镇里建的。我在藩主建的K小学任教。在那两三年前，我以第一名的成绩从县师范学校毕业，接着又被校长格外器重，因此年纪轻轻却每月拿着15日元②的高薪。虽说现在15日元的月收入还不够糊口，但那是二十多年前的事了，不能说特别富足，但是也可以衣食无忧了。在同事眼中，总的来说我是他们羡慕的对象。

---

① 日本岐阜县与爱知县的旧称。
② 1891年前后，日本小学教师的初薪大约为6日元，1911年为12日元左右。

家里上无老下无小，只有妻子一人，而且结婚才不过两年。妻子名叫小夜，是校长的远房亲戚，自幼失去父母，一直被校长夫妻当作亲生女儿在抚养，直到嫁给我。这话我说可能不太合适，她性情极其率真，容易害羞，而且话又不多，给人感觉生来孤苦，存在感低。不过她和我性情相投，虽没什么值得一提的轰轰烈烈的幸福时刻，每天倒也过得安安稳稳。

然而，发生了那次大地震——我永远无法忘记，是10月28日。早上七点左右，我正在水井边剔牙，妻子在厨房盛饭，然后房子就塌了。就一两分钟的事，骇人的地鸣声宛如飓风般突袭而来，顷刻间房子就倒塌了，而后只见瓦砾乱飞。没等我回过神来，就被冷不防掉下来的屋檐压住了。片刻间我茫然无措，被四处涌来的震波摇晃着。好不容易从屋檐下爬出来，在扬尘和烟雾中看到眼前是我家的屋顶，而且屋瓦间的野草也被压扁在地上。

那时我的心情不知是惊愕还是慌张，魂不守舍地瘫软在地上，恰似身处狂风暴雨的海上一样。前后左右都是屋顶坍塌的房屋，看到这些，我恍恍惚惚地听到了地鸣的声音、屋梁掉落的声音、树木折断的声音、墙壁倒塌的声音，还有数以千计的人东逃西窜的声音，分不清是人还是物的响声喧嚣嘈杂，混作一体。然而，那只是霎时间的事，我立刻看到对面屋檐下有东西在动，于是猛地跳起来，如同噩梦惊醒，没有意义地大声喊叫着，急忙冲了过去。屋檐下面，妻子小夜下半身被压在横梁下，痛苦地挣扎着。

我抓住妻子的手往外拉，想扶起她的上半身，但压在她身上的横梁，纹丝不动。我惊慌失措地一块块挪开屋檐的木板。我一边挪，一边不断地给妻子打气："要挺住！"鼓励我妻子？不，或许是鼓励我自己。小夜说："好痛苦。"还说："请想想办法吧。"然而，用不着我打气，她就像换了个人似的脸色大变，拼命地想抬起横梁。那时我看见妻子的双手染满了鲜血，都看不清指甲了，颤颤巍巍地摸索着横梁。那场景至今都清晰地留在我痛苦的记忆里。

那是过了很长很长时间之后，我忽然注意到，不知从哪里冒出滚滚黑烟，飘过屋顶，扑鼻而来，呛得我难受。紧接着，浓烟的方向传来尖锐的爆炸声，火花像金粉一样，噼里啪啦零星地在空中飞舞。我发疯似的抓住妻子，再一次拼命地想把妻子的身体从屋梁下拉出来，可妻子的下半身还是动弹不得。我沐浴着滚滚浓烟，单膝跪在屋檐下，咬紧牙齿对妻子说了些话。您可能要问，说了什么？不，您一定会问。可是我全然不记得说了些什么。不过，我记得当时妻子血淋淋的手抓住我的胳膊，喊了声"老公"。我看着妻子的脸，她面无表情，只是睁大双眼，神情可怕。紧接着，不仅是浓烟，还有一阵火冒着火星袭来，呛得我头昏目眩。我心想这下完了。我认为妻子要被活活烧死。活活烧死？我握住妻子血淋淋的手，又大声喊叫了些什么。妻子又喊了声"老公"。

我从那声"老公"中，感受到了无穷的意义和无尽的感情。被活活烧死？要被活活烧死吗？我再一次喊叫了什么。我记得好像说了句"死吧"，又像是说"我也一起死"。可是，还没等弄明白说了什么，我已经顺手拿起掉在地上的瓦片，一下又一下地朝妻子的头上砸去。

那之后的事就任由您想象。我一个人活下来了。

我躲过笼罩整个小镇的大火与浓烟的追赶，钻过像小山一样堵塞了街道的家家户户的屋顶，好不容易捡回一条命。这是幸运，还是不幸？我完全不明白。不过至今我都无法忘记，那晚我在黑暗的夜空下眺望着仍在燃烧的火光，和一两个同事一起在倒塌的校舍外面的简易棚里，手里攥着赈灾的饭团，泪流满面。

中村玄道沉默了一会儿，怯弱的目光落在榻榻米上。突然听到此番话，我也愈发觉得这空旷的房间里春寒直逼我的衣领。"原来如此。"我连这样附和的气力都没有。

房间里只有煤油灯芯吸油的声音，然后是桌子上我的怀表嘀嗒嘀嗒的走时声。这其中还夹杂着轻微的叹息声，仿佛是壁龛里的杨柳观音活动身体的声音。

我抬起胆怯的眼神，注视着沮丧地坐在对面的男人。叹气的人是他吗，还是我自己？然而，没等我解开疑惑，中村玄道又用低沉的声音缓缓道来。

不用说，对妻子的逝世，我悲痛万分。不仅如此，有时，校长、同事投来亲切的同情话语时，我顾不得体面甚至流起泪来。但是，唯有我在那场地震中杀妻这件事，怎么也没能说出口。"与其被火活活烧死，还不如我亲手杀了。"也不能因为我说出这事，就会被送进监狱。不，兴许社会会因此更加同情我。但不知怎么回事，每次刚想说时，话就卡在喉咙里，一个字都说不出来。

当时全是因为我的胆怯。其实，并不只是胆怯，还有更深层次的原因。但是那个原因，直到我准备再婚，打算重新开始新生活时，都没有弄明白。而当我明白时，才发现自己在精神上无非是个可怜的失败者，已经没有资格再次过上正常人的生活了。

和我提出再婚话题的是校长，等同于小夜的父母。我也能理解他纯粹是为我着想。实际上当时距离大地震已经过去一年多，在校长提出这个问题之前，私下也多次有人提起同样的事来探我口风。然而，听校长说后，让我意外的是，对方是您现在下榻的N家的二女儿。当时我除了在学校上课，偶尔在校外做家庭教师，她恰巧是我教的一个普通四年级男学生的姐姐。

当然我最初是回绝了：第一，作为教员的我和资产家N家之间身份悬殊；其次，由于我在做家庭教师，如果平白无故地受人猜疑，说我们结婚之前有什么不明不白的事，那可就不好了。同时，我不愿意的理由是，虽说去者日以疏，悲痛的记忆大不如从前，但是我亲手打死的小夜的模样，像扫帚星的尾巴一样模糊地纠缠着我。

但是，校长在充分体谅我后，列出了很多理由，耐心地劝说我：我这般年轻的人今后继续过单身生活会比较困难；这桩婚事是对方强烈希望的；校长亲自主动做媒，不会被人说道；另外，我一直希望的东京游学等事，结婚后就简单多了。听校长这么一说，我也不好断然拒绝；而且，对方姑娘是出了名的美人。不怕您笑话，N家的资产也让我利令智昏，所以在校长的再三劝说下，我渐渐松口，回复说："让我再考虑考虑。总之等过了今年再说吧。"于是，在那年过后的明治二十六年的初夏敲定了在秋天举办仪式。

自从这件事定下来后，我莫名地郁闷起来，干什么都提不起以前的那股劲头，连自己都觉得不可思议。

即便是去了学校,我倚在办公室的桌子上胡思乱想,经常连上课信号的打板声都没有听到。但是,要说担心什么,我也说不上来。只是,感觉头脑中的齿轮有某处啮合不上,而且啮合不上之处盘踞着超出我认知的秘密,令人不快。

这种情况大约持续了两个月。暑假的一天傍晚我出门散步,顺便去了本愿寺别院后面的书店,看到五六本那时颇受好评的杂志《风俗画报》、《夜窗鬼谈》和《月耕漫画》摆在店头,封面是石版印刷的。于是,我站在店里随手拿起一本《风俗画报》打开看,封面是房屋倒塌以及火灾的画面,印着两行大字"明治二十四年十一月三十日发行、十月二十八日震灾记闻"。看到这个,我忽然心跳加速,甚至觉得有谁在我耳边幸灾乐祸地说"就这个,是这个"。店里还没有电灯,光线昏暗,我慌忙翻开封面读了起来。最先映入眼帘的是,一家老小被掉落的横梁压住惨死的画面。接下来是大地一分为二,正要吞没脚下踩空的女童的画面。然后是——用不着一一列举,那时那本《风俗画报》再次给我展现了两年前大地震的光景。长良川铁桥塌陷图、尾张纺织公司毁坏图、第三师团士兵尸体发掘图、爱知医院伤者救护图……那些惨烈的画面接二连三地勾起我那可恨的记忆。我的眼睛湿润了，身体也开始颤抖。一种说不上是痛苦还是欢喜的感情，毫不客气让我的精神起伏不定。当我看到最后一张画时——那时的惊愕还鲜明地刻在我的心头。那是一个女人被落下的横梁压住了腰部，痛苦挣扎的凄惨画面。横梁的那头，黑烟滚滚升起，红色的火焰四处飞溅。这不就是我的妻子么？不是我妻子的临终画面又是什么？《风俗画报》差点从我手中滑落。我险些叫出了声。

而正好那时，更让我害怕的是，四周突然亮起了红色的光线，一股烟雾味扑鼻而来，让人想起火灾。我故作镇静，放下《风俗画报》，鬼鬼祟祟地扫了一圈店里。店门口，伙计刚点燃吊灯，正要把还没熄灭的火柴扔在昏暗的马路上。

从此以后，我变得比以前更加忧郁了。在此之前，威胁我的只是不明的不安心情；而在那之后，一种疑惑在我脑海中挥之不去，不分日夜地苛责折磨我。我要说的是，那次大地震中我杀死妻子，是否是身不由己？说得露骨点，我之所以杀妻，是因为早就有了杀心？大地震只不过是给了我机会吧。当然，面对这种疑惑，我不知多少次都断然否定："不是的，不是的。"可是，每当这时，在书店里于我耳边低语"就是这个，就是这个"的不明声音，就会再次嘲讽盘问我："那么，你为什么不敢说杀妻的事？"一想到这个事实，我必定心里咯噔一下。啊，既然我杀妻了，为何不敢说出去？为何时至今日我还拼命地隐瞒，隐瞒那么可怕的经历呢？

那时，还有一个可怕的事实鲜明地浮现在我的记忆里：当时我心里正憎恨着妻子小夜。如果怕羞愧不说，您或许觉得莫名其妙。不幸的是我的妻子肉体上有缺陷。（以下省略82行）……因此，在那之前，虽摇摆不定，但我相信我的道德感总之取得了胜利。然而，发生了大地震那等天灾，所有的社会约束都消失了，怎么能肯定我的道德感没有随之发生龟裂？怎么能肯定我的利己心不会采取激进的行为？我杀妻正是因为想杀所以才杀的吧？我站在肯定的立场，禁不住抱有这种疑惑。我越发忧郁了，这应该就是命数吧。

但是，我还有一条生路可走，"那时即使不杀她，她也定会被火活活烧死。这样看来，就不能说杀妻就是我的罪恶了"。然而，某一日，季节已从盛夏转为余暑，学校已经开学的时候，我们教师一起在办公室围着桌子喝喝茶，拉拉家常。不知怎的，话题又转到了两年前的大地震上。那时只有我缄口不语，对他们的聊天充耳不闻。本愿寺别院的屋顶掉啦，船町的堤防决堤啦，俵町的马路裂开啦……大家一件接一件地说，聊得兴致勃勃。后来，一个教员说，中町备后屋酒馆的老板娘，刚开始被压在房梁下，动弹不得，不一会儿着火了，幸亏房梁被烧断了，才捡回一条命。我听到这个，忽然眼前一黑，有那么一会儿感觉连呼吸都停止了。

实际上那会儿我就不省人事了。等我苏醒过来，同事们看到我脸色骤变，连同椅子一起要倒地的模样，大为吃惊，都围到我身边，又是喂水又是喂药，乱作一团。可是，我顾不上向同事道谢，满脑子都是那个可怕的疑惑。我不就是蓄意杀妻吗？虽说被压在屋梁下，我不是害怕她万一获救了，才砸死她的吗？要是当时没有那样做，她也许会同备后屋的老板娘一样，有机会死里逃生。而我却无情地用瓦片一下子把她打死了！每当这么想时我的痛苦，唯有请先生您推断了。

在这样的痛苦中，我决心哪怕推掉和N家的婚事，也要保持几分清白。但是，当进展到谈婚论嫁时，我好不容易下定的决心又开始动摇，无法割舍。总之，婚礼举办在即，这个节骨眼上，忽然说要解除婚约，那大地震时杀妻的始末不用说了，还必须坦白迄今为止内心的苦闷。我一向谨小慎微，到了紧要关头，即便自我鞭挞，也拿不出勇气果敢行动。我总是自责自己没用，但是，我也就光顾着自责，却没拿出什么适当的举措。眼看余暑已过，晓寒来临，花烛之典的日子终于近在眼前。

那时，我已经变得极度消沉，几乎不与人打交道了。不止一两个同事劝我推迟婚礼，连校长都再三劝我去看医生。面对大家的这些关心，当时我甚至没有精力去顾及表面的健康；同时，我还利用他们的关心，借口生病拖延婚礼，现在看来只不过是没出息的权宜之计罢了。N家的当家却误以为我消沉的原因是单身久了,屡次催促我尽早完婚。于是,虽然日子不同,但月份是两年前发生大地震的十月,我终于在N家的本宅举办了婚礼。连日来我心力交瘁,穿上新郎礼服,来到围着金屏风的庄严的大厅时,对于今天的自己,我感到多么羞耻。我感觉自己就是个恶棍,掩人耳目要去做罪大恶极的勾当。不,不是有这种感觉,实际上我就是畜生!我掩饰杀人的罪行,企图盗走N家的女儿和资产。我的脸发烫,胸口越来越难受。要是可以的话,我想当场一一坦白杀妻的罪行。这念头像暴风雨般开始在我的脑中激烈地回旋。就在这时,我面前的榻榻米上,梦幻般出现了一双纯白的袜子①。接着,和服下摆的花样映入眼帘,朦胧的浪花上云雾缭绕,仙鹤与松柏立于其中。再后来是金线织布花的锦缎腰带、荷包上的银锁、白色衣领,依次往上,当看到高岛田发髻②上,沉甸甸的玳瑁梳与发簪闪闪发光时,我感受到了绝望的恐怖,近乎要窒息了。我不由得双手伏在榻榻米上,力竭声嘶地喊道:"我是杀人犯!罪

---
① 日语写作"足袋",是日式短布袜,大拇指分开。
② 此处是新娘的发型,也是日本未婚女子的发型。

大恶极的罪人。"……

中村玄道说完后,盯着我看了一会儿,然后嘴角勉强露出一丝笑容,说:

"后来的事就不用说了。唯有一件事得告诉您。打那以后,我不得不背上疯子的名声,度过可怜的余生。究竟我是不是疯子,一切交于您判断。即便是疯子,让我发疯的,不就是藏在我们人类内心深处的怪物吗?只要那个怪物存在,今天嘲笑我是疯子的那帮人,明天兴许也和我一样变成疯子。我是这么想的,您意下如何?"

春寒料峭,煤油灯依旧在我和这个阴森森的客人之间跳动着火苗。我背对着杨柳观音,连追问对方为何缺失一根手指的气力都没有,唯有默然地坐着。

大正八年(1919)六月

于连·吉助

一

于连·吉助出生于肥前国彼杵郡浦上村[①],自幼失去父母,在当地的乙名三郎治家当男仆。不过,

---
① 江户时期日本的村名。现指日本长崎市。

他生性愚钝，总是被同伴们捉弄，被迫干些低贱的牛马活。

吉助十八九岁时，暗恋着东家三郎治的独生女阿兼。阿兼当然对这个男仆的爱慕之心不屑一顾。不仅如此，心术不正的同伴察觉到了吉助的心思后便开始嘲笑他。吉助虽然愚笨，却也无法忍受这苦闷的情感，于是某晚他悄悄地离开了住惯了的三郎治家。

此后的三年，吉助音信全无。

不过，后来他变成乞丐再次回到了浦上村，而且又和以前一样在三郎治家做工。自那以后，他就毫不在意同伴们的轻蔑，只是勤勤恳恳地埋头苦干，特别是对小姐阿兼更加忠诚，胜过家犬。小姐这时早已招婿成家，和睦美满，人人艳羡。

就这样平平淡淡地过去了一两年。在那期间，同伴们嗅到吉助的一些可疑举动。于是，他们被好奇心驱使，开始严密地监视他。果然，他们发现吉助早晚各一次在额头上画十字握手祷告。于是他们立刻向三郎治告发了此事。三郎治害怕报复，随即将吉助交给了浦上村的代官①官厅。

他被捕快押送到长崎的牢房时,更是一副满不在乎的样子。不!传言愚笨的吉助那时满脸洋溢着奇妙的威严,仿佛被天光普照一样。

二

被带到奉行②面前的吉助老实地坦白了自己信奉基督教的事。然后,他和奉行之间展开了如下的问答。

奉行:"你所信教派的神何名何姓?"

吉助:"伯利恒国的少君主耶稣基督以及邻国的小姐圣玛利亚。"

奉行:"那他们都是何模样?"

吉助:"我等在梦里见到的耶稣基督,穿着紫色的长袖衫,是个长相俊美的年轻男子。圣玛利亚身着金丝

---

① 江户时期,任职于幕府的直辖地和所属领地的地方官,主要负责征收年贡、土木和农政等。
② 日本镰仓时代至江户时代的官名。

银丝缝制而成的长罩衫。"

奉行："他们缘何成为教派的神？"

吉助："耶稣基督恋上圣玛利亚，单相思而终，拯救我等有为相同烦恼所困的众生，便成了教派的神。"

奉行："那你于何地从何人获传此教？"

吉助："我这三年遍访各地。有次在海边遇到陌生的红毛人①，获传此教。"

奉行："传教有何仪式？"

吉助："接受圣水洗礼后，赐名于连。"

奉行："而后，那个红毛人去往何处？"

吉助："此事乃罕见。他随后踏着狂风巨浪而去，不知所终。"

奉行："至此时刻，如若说谎必受责罚。"

吉助："我为何要说谎？所述之事皆为事实，千真万确。"

奉行觉得吉助所言匪夷所思。这与此前调查过的基督教门徒的供述完全不同。然而，不论奉行如何审讯，

---

① 在日本江户时期，特指荷兰人。

吉助坚决不推翻供述。

三

于连·吉助最终还是遵循天下大法，被处以磔刑。

那天他被押着游街，然后在桑托蒙塔尼下面的刑场，被残忍地绑在柱子上等待处刑。

柱子呈十字架状高高地悬在空中，四周围起了竹栅栏。于连仰望天空，不断地大声祈祷，毫不畏惧地接受了这非人的酷刑。

伴随着他的祷告声，其头顶上一团团云朵突然涌现，而后骇人的沛然大雨在刑场上倾盆而下。待到天空再次放晴时，十字架上的于连·吉助早已断气了，但是，竹栅栏外的人们仍觉得吉助的祷告声在空中回荡。

他的祷告古朴简单："伯利恒国的少君主，您在何方？请赞美吧！"

当众人把他的尸体从十字架上抬下来时大吃一惊，

尸体正散发着美妙的芳香。再一看，只见吉助的口中神奇地盛放着一朵娇嫩的白色百合花。

这就是于连·吉助的一生，散见于《长崎著闻集》《公教遗事》《琼浦把烛谈》等文献中，也是日本殉教者中我最爱的神圣愚人的一生。

大正八年（1919）八月

妖　　婆

　　或许您不相信我要讲的故事。不，您肯定觉得是捏造。古时是否发生过我不得而知，接下来我要说的事发生在大正这个太平盛世，而且发生在您也住习惯了的东京。一出门，电车和小汽车来回穿梭。回到家，电话铃声响个不停。打开报纸，同盟罢工和妇女运动的报道映入眼帘。在这样的今天,在这个大都市的一角,发生了像是会出现在爱伦·坡和霍夫曼小说里的令人毛骨悚然的事。空口无凭,当然您不会信。然而,这东京城里虽有几百万灯火,却无法燃尽伴随日落降临的黑夜,让其回到白昼。正好与之相同,尽管无线电通信和飞机征服了自然,但并不能画出潜藏在大自然深处的神秘世界的地图。既然如此,那为何可以断定,被文明的阳光所照耀的东京,平常只在梦里驰骋的精灵们的神秘力量不会因地制宜地展现出像奥尔巴赫酒窖[①]里的那般光怪陆离之景呢?不是因地制宜,要我说的话,只要你留意观察,令人惊异的超自然现象犹如夜里盛开的花朵,始终在我们周围来回出现。

比如说冬日的深夜里,您去银座大街上走走,一定会看到落在沥青路上的纸屑,大概二十片聚集在一处随风打转。若仅此而已,倒也不值一提。但是您可以试试数数有几处纸屑打旋。从新桥到京桥之间,一定是左侧三处,右侧一处,而且无一例外都在十字路

---

① 为歌德《浮士德·第一部》中莱比锡的奥尔巴赫酒窖。

口附近。要说或许是气流的关系，也不是说不通，您再仔细观察，会发现每个纸屑旋涡中一定有张红纸。——电影广告啦，千代色纸的碎片啦，甚至是火柴商标。东西虽说变个不停，但不管何时都能看到红色。它就像带领其他纸屑一般，只要刮过一阵风，便率先翩翩起舞。于是，微尘中响起了低声私语，散落在四处的白色纸屑眨眼消失在沥青路的上空。不是消失了，它们迅速地画着圆圈，随风飘动腾空飞起。风停时也是如此，据我迄今的观察，红色纸屑率先飘落。如此一来，您也不得不起疑吧。我自然觉得诧异。其实，我有两三次驻足街头，在附近的橱窗照射出的大幅光线下，凝眸眺望那不停飞舞的纸屑。实际上，当时那番观察后，平日里肉眼看不到的东西，好比混在暮色中的蝙蝠，虽说朦胧，却也隐约可见。

然而，东京城里不可思议的并不只有掉在银座大街上的纸屑。深夜乘坐的市内电车，时而发生超出常理的怪事。这其中最可笑的当属红色电车和蓝色电车行驶在没有人烟的街道上时，即使站台上没有乘客，也会规规矩矩地停车。与方才所讲的纸屑一样，您若不信，今夜便可去一试究竟。同是市内电车，据说动坂线和巢鸭线，这两条线路此类情况较多。就在四五天前的晚上，我乘坐的红色电车依旧戛然一声停在了没有乘客上下的车站，就是动坂线的"团子坂下"站。列车员手拉铃铛绳索，半个身子探出车外，例行公事地吆喝"有人上车吗？"我因为就坐在票台旁边，便立刻从窗户看向外边。窗外只见薄云遮月，光线朦胧。站台的支柱下面自不用说，两侧的临街铺面都已关门插锁。午夜的大街上没有人烟。我正觉得奇怪，列车员拉响了车铃，电车随即启动。然而，我依旧看着窗外，随着站台渐渐远去，这时，我总觉得看到了那月光下渐渐缩小的人影。不用赘述，这或许是我的错觉使然。可是，那个急着赶路的红色电车的列车员为何要在没有乘客的站台前停车呢？而且，遇到这种事的并非我一人，我的熟人中还有三四位。难不成是列车员每次都在打盹儿？这样看来还不能这么解释。其实，我的一位熟人曾抓住列车员斥责："这不是没乘客吗？"听说列车员一脸疑惑地回答："我以为有许多人的。"

除此之外,一一列举的话,还有炮兵工厂烟囱的烟逆风飘动,无人撞钟的尼古拉教堂的大钟午夜突然响起,两台相同牌号的电车一前一后驶过黄昏时的日本桥。没有人影的国技馆每晚都传来观众的喝彩声——所谓"自然夜晚的侧影",恰如美丽的飞蛾交错飞舞,不断地在这繁华的东京城里显现。因此,接下来我要说的故事,并非是您想象的那样,与现实世界相去甚远,彻头彻尾、子虚乌有的事件。不,现在您已经大致知道东京夜晚的秘密了,所以应该不会随意藐视我讲的故事。若您听完故事,仍认为有鹤屋南北[①]般的酒火气味的话,与其说事件本身有失实之处,倒不如说是我的叙述能力不足的罪过,远不及爱伦·坡和霍夫曼的高明。要说为何,因为一两年以前,故事的主人公在某个夏日的夜晚和我相对而坐,向我一五一十地讲述他奇怪的遭遇时,我感觉到一种形似妖气的东西阴森森地笼罩在我们周围,让我至今难忘。

这个故事主人公的男子是平时出入我家的日本桥

[①] 鹤屋南北四世(1755—1829),歌舞伎狂言作家。代表作《东海道四谷怪谈》,1925年7月于中村座剧场首次上演。

附近一家出版商的少当家，平时只要谈完工作便匆匆回家。然而，正好那天傍晚突然下起雨，本琢磨着等雨停，所以与往日不同，他就这么坐下来了。皮肤白皙、眉头紧蹙、骨瘦如柴的少当家，在盂兰盆灯笼的微微火光照射下的走廊沿上正襟危坐，天南海北地闲聊到深夜十点多。在闲聊中，他插了一句"有一件事一直想说给先生您听听"，随后神情近乎忧虑地缓缓开口了。不用说，他讲的就是本文所写的妖婆的故事。那个少当家身穿肩头晕染了一抹墨色的上等麻布短外褂，面前摆着西瓜盘，那害怕被人听到的窃窃私语的样子，我至今都记忆犹新。话说回来，还有一件事也令我刻骨铭心，挥之不去。那时，挂在他头上的盂兰盆灯笼，丰腴的骨架上微微地映出清晰的秋草图案，而对面那雨后的天空，则是散乱着黑压压的云团。

故事的核心是那个叫新藏（为了避嫌暂用此名）的男子二十三岁那年的夏天遇到的事。当时他因心里有所牵挂，便去住在本所一丁目[①]的神婆那里算命，

---

① 日本第二级地方行政区划单位市町村中，将町化为更小的行政单位即为丁目，相当于中国的街道、胡同、弄堂。

这是事情的最开始。据说是六月上旬的某日，新藏拉着在那一带经营和服店的商业学校的朋友，一起去与兵卫寿司店，在那儿交杯换盏时，不打自招说出了自己的心事。于是，那个叫阿泰的朋友立刻一本正经地热心劝说："那请阿岛神婆算一卦吧。"于是，一打听来龙去脉，这位神婆两三年前从浅草附近搬家至此，既会算命，又会加持，据说灵验到可以使唤鬼神。"你也知道吧。就最近鱼政店里的女当家投河自尽。那尸骸怎么都不浮上来。从阿岛神婆那拿了一张护身符后，将它从第一座桥丢到河里，尸体当天就浮出水面了，而且，就是从丢护身符的一道桥桥墩那儿。恰巧是黄昏涨潮时，运气好被停靠在那儿的运石船的船夫发现了：'哎呀，是客人。''是土左卫门。'一阵骚动后，船夫立即向桥头的派出所报案。我路过的时候，巡查已经来了。我站在拥挤的人群向里看过去，只见刚打捞上来的女老板的尸骸盖着破草席躺在地上。草席下露出水泡过的脚底。是什么？你猜。那张护身符紧紧地斜贴在脚底板上，就连我都觉得毛骨悚然。"听完朋友的话，新藏也觉得脊梁发冷。晚潮的颜色、桥桩的形状以及桥下女老板的浮尸……这些景象一一浮现在眼前。不过,总之新藏酒兴上来不愿服输,来劲地说:"这可真有意思。我定要请她算上一卦。""那我帮你引见一下?最近请她帮我算过财运,现在和她也算有点交情。""那就拜托你了。"于是,两个人叼着牙签出了与兵卫的店门,用稻草帽挡着梅雨放晴后的夕阳,穿着夏季单外褂肩并肩,摇摇晃晃地朝着神婆住处走去。

该说说新藏的心事。他家的女佣中,有一个叫阿敏的姑娘,和新藏互生情愫一年多。然而不知为何,她去年年底去探望生病的姨妈后就音信全无。不仅新藏大为吃惊,疼爱阿敏的新藏母亲也很担心,找了身份保证人,又动用各路人情打探,可就无从得知其行踪。有人说看到她做了护士,又谣传她当了别人的小妾。小道消息倒是层出不穷,但追根问底的话,却又不知详情。新藏刚开始牵肠挂肚,而后又怒气冲冲,近来又一味地消沉郁闷。母亲看着他那无精打采的样子,隐约察觉到他与阿敏两人的关系,心中又增加了新的不安。于是让他去看戏,劝说他去温泉疗养,或者让他代表父亲参加应酬客户的宴会。就这样劳神费心，哪怕是强迫，也想让心情低落的新藏振作起来。因此，那天他母亲派他去巡视本所一带的零售店就是借口，实际上是让他出去散散心，甚至在钱夹里放了几张零花钱。新藏庆幸发小正好住在东两国，于是就拉着那个阿泰，久违地去附近的与兵卫寿司店喝酒。

　　因为这些来龙去脉，所以说是去阿岛神婆那里，其实新藏微醉的心里有明确的目的。一道桥桥畔向左拐，沿着人烟稀少的竖川河岸朝二道桥①的方向走一百来米，在瓦匠店和杂货店中间，夹着一间房子，竹格子窗、格子门上落满灰尘。这就是那位神婆的家，当新藏听到这句话时，仿佛阿敏和自己的命运取决于这个奇怪阿岛神婆的一句话，先是感到毛骨悚然，方才的醉意一下子就醒了。而实际上，那个阿岛神婆的家，就是看上去令人沮丧的低屋檐的平房，门口异常湿漉漉，雨台上的石头绿油油，上面的青苔仿佛就要长出蘑菇了。和杂货店的相邻处有棵一搂粗的柳树，枝繁

---

① 注入日本东京都墨田区隅田川的河流之一竖川上架有三座桥，分别为一道桥、二道桥、三道桥。二道桥一带的街道称为二丁目。

叶茂的垂枝都挡住了窗户，连屋瓦都笼罩在暗影之下，隔着一扇拉门的屋内一片阴森，仿佛隐藏着不同寻常的秘密。

然而，阿泰毫不在意，他站在竹格子窗户前回头看着新藏，就像刚意识到似的吓唬道："终于要去见鬼婆了。你可别被吓到哦。"新藏当然嘲笑般回击一句："我又不是小孩。谁会害怕一个老太婆？"听到这个回答，阿泰反倒不怀好意地回了个眼神："什么呀？不是看到阿婆被吓着。这里有位让你出乎意料的美人，所以我才给你忠告的。"说着就伸手搭在格子门上，劲头十足地招呼道："有人在吗？"紧接着，传来含糊不清的应答："来了。"轻轻打开拉门，只见门口跪着一位温顺的十七八岁的姑娘。果真如此，难怪阿泰说"别被吓到"。姑娘瓜子脸，皮肤白皙，鼻梁挺拔，发际线美，特别是那双眼睛水灵灵的。可是，那张容貌不知为何有种让人心生怜爱的憔悴感，甚至那红瞿麦花纹的毛呢和服腰带也挤压着她穿着蓝底碎白花单裓的胸口。阿泰见到姑娘后，脱下稻草帽问："你母亲呢？"只见姑娘一脸无可奈何，仿佛自己做错了事一样,红着眼眶回答:"真不巧,母亲不在家。"她偶然冷眼瞟了格子窗外,忽然脸色大变,轻轻地喊道"哎呀",似乎就要跳起来了。阿泰心想这地方到底是偏僻,有过路的歹徒不成?慌忙地回头一看,刚才站在夕阳下的新藏已不见其踪影。没等他回过神来,那个神婆的女儿已经跪在脚下抱住他的衣袖,气喘吁吁地拼命恳求:"请您一定要告诉您的那位朋友,千万不要再来这附近了,否则,那位先生会有性命之忧。"姑娘这样断断续续地说道。阿泰不知其所云,如堕迷雾中,好一会儿呆立在那里。总之,阿泰明白既受人之托,便只应声道:"好的。我定会照办。"那样子狼狈之极,稻草帽抓在手里就猛地冲出门去,追着新藏跑了五六十米。

五六十米开外的地方正好是荒凉的石头河岸,上面只有夕阳光照下的电线杆。新藏垂头丧气地交叉双臂,低头望着脚下,杵在那里。阿泰好不容易追上来了,气喘吁吁地对他说:"你可别开玩笑。我提醒过你不要吃惊的。反倒你让我大吃一惊。你到底把那个美人——"而新藏已经朝着一道桥的方向心神不宁地迈开了步子,激动地回答:"我当然认识她。我告诉你,那就是阿敏。"阿泰再次惊呆了。也难怪他会吃惊。因为,恰好他们要请阿岛神婆算的,就是她女儿的下落。话虽如此,阿泰也考虑到受到那个姑娘重要的托付,不能光顾着惊慌失措,于是把稻草帽一戴,立刻将阿敏所说的"不能再次靠近这一带"的话,原封不动地转告给了新藏。新藏安静地听完后,皱起了眉头,神色疑惑,生气地说:"说不要去她家,这我能理解。但是去的话就性命攸关,这不是莫名其妙嘛。岂止莫名其妙,简直就是毫不讲理。"然而,阿泰只是负责传话,没问理由就从阿岛神婆的家飞奔出来了,所以尽管想安慰对方,但是除了罗列一些场面话,别无他法。于是,新藏干脆一副与己无关的样子,缄口不语,加快了步伐。不一会儿,他们来到了与兵卫寿司店的店招下面。新藏忽然转向阿泰,略带遗憾地脱口说道:"我真该去见阿敏的。"这时,阿泰若无其事地调侃道:"那你就再去见一次呗。"事后回头再看,这话就是给新藏内心火一样燃烧的想见阿敏的念头火上浇油。

不一会儿，和阿泰分别后，新藏立马折回回向院[①]前的光头斗鸡菜馆，喝光了两三壶酒，等着夜幕降临。就这样等天色全黑后，他冲出酒馆，浑身酒气，把单褂的袖子甩在身后，直奔阿敏家也就是那位神婆的家。

漆黑的夜里，天上没有一颗星星。大地闷热，但偶尔掠过一丝凉风。这是梅雨季节常有的天气。新藏窝了一肚子火，不听到阿敏的真心话，是不打算就这样回去的。泼了墨般的夜空下垂柳矗立，树下的竹格子窗户里亮着灯光。新藏毫不在意这房子瘆人的氛围，冷不丁地哗啦一声拉开格子门，杵在狭窄的泥地房门口，大喊一声："晚上好。"光听声音大体就猜到是谁了，因此那个温柔而含糊不清的应答似乎有些颤抖。片刻后，拉门安静地开了，门框的那头，阿敏身披邻屋的灯光悄然现身，她双手伏地，面容憔悴至极，像是刚哭过。但是，新藏本就是醉意上头，他把稻草帽戴在后脑勺上，冷漠地俯视着阿敏："哎！你母亲在家吗？我有事请她算上一卦。可以见我吗？能麻烦通报一声

---

① 位于现日本东京都墨田区两国二丁目10号的净土宗寺院。

吗？"他佯装不认识，爽快地问道。这对阿敏来说是多么痛苦！她依旧是双手伏地、有气无力的样子，只回了句："好的。"好一会儿都强忍着泪水往肚里吞。但是当新藏吞吐映着彩晕的酒气，正准备再次催促"麻烦通报"时，拉门那头传来阿岛神婆有气无力、带有鼻音的、犹如蛤蟆低语般的声音："哪位呀？站那里的。不用客气，进来吧。"站那里的？太不像话了！把阿敏藏起来的罪魁祸首，我先来治治你！新藏气势汹汹，把单裆一脱径直地走了进去，顺手将稻草帽放在试图阻拦的阿敏的手上，昂然地走进房里。然而可怜的是被撂在身后的阿敏，她紧靠在隔扇门上，都顾不上整理新藏的单裆和稻草帽，泪汪汪的明眸目不转睛地盯着天花板，纤弱的双手合在胸口，好像在不停地祈祷着。

来到隔壁房间后，新藏毫不客气把坐垫铺在膝下，傲慢地四下打量：屋内和想象中一样，是个寒碜的八张榻榻米大小的房间，天花板和支柱都是黑黢黢的。墙上挂着婆娑罗大神的挂轴，前面有一面神镜，供奉着两壶酒，还恭恭敬敬地摆放着三四扎红蓝黄的色纸剪成的驱邪符。左手边的椽子外侧就是竖川的河道。

兴许是心理作用，隔着紧闭的拉门可以听见淙淙流水声。那说说紧要的神婆本人吧。地板前方靠右有个衣柜，上面点心盒、汽水、砂糖袋子、鸡蛋盒等礼物排成一排。在那下方，身材高大、一头短发、塌鼻梁、大嘴巴、面色发青绷着脸的神婆，穿着黑色的无领单褂，紧闭睫毛稀疏的双眼，叉着水肿的双手，像魍魉一样端坐着，占满了一张榻榻米。刚才说这个神婆的说话声像蛤蟆低语，看她这么坐着，可以说绝非普通的蛤蟆怪，乔装成人在喷着毒气。见此情形，新藏竟也感到恐怖，觉得头顶上电灯的亮光都黯然无光了。

当然这点事，新藏早有思想准备。他斩钉截铁地说："那有一事相求，就是请您算算我的姻缘。"或许是没听见，神婆使劲张开半睁的眼睛，一只手放在耳边重复问道："什么姻缘？"而后又用方才那含糊不清的声音讥笑道："客人是想要女人吗？"新藏强忍着怒火，顾不得身份，毫不示弱地冷笑道："正是因为想要才请你算的。如若不是，谁会来这种——"然而，神婆泰然自若，仿佛蝙蝠的翅膀一样扇动着耳边的手，嘲笑般打断了新藏的话："您别生气呀。我生来不会说话。"她勉强地改了口气装模作样地询问,"年龄呢?""男方二十三岁。属鸡。""女方呢?""十七。""属兔呀。""出生月份是——""行了。只需知道年龄就可以卜算。"神婆说罢,在膝盖上掰了两三下手指,像是在数星星似的。她终于抬起松弛的眼睑,瞥了一眼新藏,说:"成不了。成不了。这是大凶呀大凶。"先是危言耸听,而后自言自语地嘟囔道,"这姻缘要是成了,不管是客官还是女方,必有一人殒命。"新藏怒火冲天,忍无可忍,看穿阿敏说出姻缘关乎性命这话,必是受了神婆的教唆。他慢慢地调整了坐姿,打着饱嗝满嘴酒气,盛气凌人地说:"大凶也无妨。男人一旦动心了,丢了性命又算啥?烧死、砍死、淹死,正因为这样才算爱过。"神婆又眯起眼睛,嚅动着厚嘴唇嘲笑道:"可是,男人死了女人咋办?更何况死了女人的男人,伤心欲绝,生不如死。"老太婆,你敢动阿敏一根手指头试试。新藏拿出不可一世的气势,瞪着神婆厉声斥责:"女人有男人保护。"而对方依旧交叉双手,气色不佳的脸上露出冷笑,反问:"那谁来保护男人呢?"新藏后来说，那时他不禁打了寒颤。怪不得，这就像被神婆下了挑战书一样，必然会觉得毛骨悚然。神婆在反问后，看到新藏的畏缩，使劲扯了黑色单褂的领子，谄媚地说："人难胜天。别白费力气了。"说罢突然翻起白眼，双手都搭在耳边，煞有介事地说，"你听。你听。证据就在眼前。你听不见那叹息声吗？"新藏不由得紧张起来，侧耳倾听。除了隔扇那边阿敏的气息，没有任何响动。此时，神婆愈发瞪圆双眼，说："你听不见吗？有一位像你这样的年轻人，在那河岸边的石头上叹息呢，你听不见吗？"说罢神婆屈膝往前凑，映在衣柜上的影子越来越大，不一会儿新藏闻到了神婆的臭气味。拉门、隔扇、贡酒、神镜、衣柜、坐垫，所有的东西在阴森森的妖气中走了形，变得奇形怪状。

"那个年轻人和你一样色迷心窍，违背了附体这个神婆的婆娑罗大神。因此当即受到天罚，一瞬间就丢了性命。他就是你的好榜样。好好听着。"这个声音像无数的苍蝇挥动翅膀一样，从四面八方传入新藏的耳朵。与此同时，拉门外面的竖川好像传来了谁跳河挣扎的呛水音，打破了这黑夜。被吓破胆的新藏已经坐不住了，匆匆忙忙撂下狠话，便跟跟跄跄逃出阿岛神婆的家，甚至忘记了正在哭泣的阿敏。

新藏回到日本桥的家里后，第二天刚起床就看到报纸果然报道了昨晚竖川有人投河。那是龟泽町木桶店的儿子。原因是失恋，跳河的地点就是一道桥和二道桥中间的石头河岸。想必这刺激到了新藏的神经，他突发高烧，一连三日卧床不起。可即便卧床不起，他也心中有所挂念，自不用说是因为阿敏的事了。当然，现在看来，绝不是对方移情别恋了。

忽然告假也好，不让新藏再去那附近也好，肯定都是阿岛神婆的计谋。事到如今新藏觉得怀疑阿敏反而有点难为情。同时，又百思不得其解为何与自己无冤无仇的阿岛神婆要这样煞费苦心。再说，和这种教唆别人跳河的鬼婆住一起，恐怕过不了多久，阿敏就会赤裸着身体被牢牢绑在祭奠着婆娑罗大神的那间房的旧支柱上，被点燃的松叶给熏死。想到这儿新藏再也睡不安稳了。第四天一下床就打算去阿泰家求他支招。正巧这时阿泰打来了电话，不为别的，正好事关阿敏。一问原来昨天深夜阿敏来阿泰家了，说自己一定要见少当家，告诉其事情的原委。因为自然是不能打电话去老东家，所以想请阿泰传话。这就是她的来意。想见面的心情，新藏自是一样。他紧贴着听话筒拼命问："她说在哪里见面？"能说会道的阿泰先卖了个关子说："这个嘛。"而后憋着笑意讲道，"不管怎么说，那么腼腆的姑娘，居然跑到只有两三面之缘的我这儿来，应该是走投无路了。我也是深深地被感动了，于是立刻和她合计了碰面的事宜。她说告诉神婆要去洗澡便出得了家门，可是河对岸太远了，其他又没有合适的地方。行吧！我就告诉她到我家的二楼。可是她觉得太过意不去，就是不同意。她这么客气也是合情合理。于是我就问她有什么候选地。她忽然就脸红了，小声地说明天傍晚，能否请少东家你去附近的石头河岸。屋外幽会不会被问罪，合适。"不过，新藏自然是笑不出来，他焦急地追问："那说好了在河岸边啦？"阿泰回复说，没办法，只能这么约定了。时间是六点到七点，会面结束后记得顺道去一趟他家。新藏回答了解后一并答谢，随即挂断电话，然后望眼欲穿地等待天黑。打算盘，帮忙对账，再吩咐中元节送礼事宜。

其间，他一副神情焦虑的样子，只顾着留意账房格子上时钟的指针了。

经过这般痛苦的煎熬后，新藏终于在夕阳西晒近五点时溜出店外。那时发生了一件怪事：新藏穿上小学徒摆放整齐的晴天木屐，从新刊书籍的油漆还未干透的立式广告牌后面，向着柏油马路迈开步伐时，有两只蝴蝶擦着他头上的稻草帽帽檐飞过，好像是黑凤蝶，黑色的翅膀上泛着瘆人的青色光泽。当然新藏那时并未太在意。两只蝴蝶追逐打闹般朝着夕阳高挂的天空飞去，消失不见了。他抬头瞟了一眼，跳上了正好驶过的开往上野的电车。在须田町换乘再到国技馆下车后，新藏又看见两只黑凤蝶围着稻草帽翩翩飞舞。然而，他不觉得是那两只蝴蝶从日本桥跟踪到这里，所以这时也并未理会。距离约好的时刻还有一些时间，于是他拐进第一条巷子，看到一家招牌上写着"竹林"的挺干净的荞麦面馆，进去便边吃边稍作休整。当然今天要翩翩有礼，于是他滴酒未沾，胸口莫名堵得慌，终于吃完一碗冷面后，在太阳落山了后，像掩人耳目的逃犯一般，悄悄地从店门帘下走了出去。刚一出去，又是一对黑凤蝶，穷追不舍地突然飞了过来，呈一字形在略感诧异的新藏鼻尖上飞舞。还是那黑天鹅绒的翅膀上像是刷了青色粉末般的蝴蝶。当时或许是错觉，在额前振翅的蝴蝶就像是将凉飕飕的傍晚空气剪成乌鸦般大小。新藏不由得感到诧异停下了脚步。此时，蝴蝶猛地变小，追逐打闹转眼间消失在暮色中。反复出现的怪异的蝴蝶，也确实让新藏感到害怕。弄不好去了石头河岸，自己会做出投河的举动，他犹豫不决；但是，他又担心今晚来会面的阿敏的安危。于是，新藏重新打起精神来，走在夜幕下人影像蝙蝠般稀稀拉拉的回向院前的大路上，目不斜视地直奔约定的地点。可是赶到后，从放着花岗岩石狮子的河边上空，翩翩飞来两只蝴蝶。它们泛着青光的翅膀环绕在一起，忽地又随着晚风消失在昏暗的电线杆根部。

因而，在那石头河岸来回徘徊等待阿敏到来的期间，新藏一直心神不宁。他又是扶正稻草帽，又是拿出收在袖管里的手表看看。这不到一个时辰的工夫，比方才待在店里账房还要令人焦躁。然而，不管怎么等，始终不见阿敏出现。新藏不由得离开了石头河岸朝着阿岛神婆家的方向走了几十米。右侧有一家澡堂,大大的桃子图画的上方挂着一块仿唐的刷漆广告牌,写着"根治百病桃叶汤"。阿敏说她借口去澡堂溜出家门,会不会就是这家澡堂。就在这时,掀开女浴室门帘走到昏暗街头的正是阿敏。她的装扮和上次一样,穿着藏青底碎花白纹的单裤,系着瞿麦图案的毛呢腰带。今晚因为刚出浴,气色也红润美丽,银杏髻的鬓角还是湿漉漉的,光润的梳痕清晰可见。她将湿手帕和肥皂盒子轻轻地拿抱在胸口,像是害怕什么似的,不安地左顾右盼,立刻就发现了新藏。她那忧心忡忡的眼角微微一笑,步伐轻盈地走近新藏的身旁,扭捏地说:"让您久等了!""哪里,没等多久。倒是你,出来一趟不容易呀。"新藏说罢和阿敏一起朝着石头河岸慢慢地走去。阿敏还是不太平静,心神不定地回头看个不停。新藏故意用调戏的口吻说道:"怎么啦?好像后面有追兵似的。"阿敏忽地面红耳赤,仍旧惴惴不安地回答:"嗯,我还没答谢你来看我呢。谢谢你特意前来。"

于是,新藏也变得忐忑不安。仔细追问了原委,直到走到石头河岸前。阿敏只是苦笑,答了句:"我们见面要是被人看到就完了。不光是我,连你也会倒大霉。"不一会儿两个人走到约好的石头河岸前。阿敏看了一眼蹲在昏暗中的花岗石狮子像,终于安心地舒了口气。从石狮前踏着斜坡走到河边,地上摆着很多根从船上卸下来的根府川石料。来到这里,阿敏终于停下脚步。新藏胆战心惊地跟在后面来到石头河岸。庆幸有石狮子挡着,不会被来往的路人看到。他顺势坐在被傍晚的湿气打湿的根府川石料上,又催促阿敏回答:"你说与我性命攸关,我会倒大霉,到底怎么回事?"阿敏眺望了一会儿浸泡着石垣的青黑色河水,口中安静地祈祷着什么。终于她看向新藏,莞尔一笑,小声地说:"到这里就不会有事了。"新藏像被狐狸附身似的,一言不发地回望着阿敏。然后阿敏坐到新藏的旁边,断断续续地小声说起来。原来二人面临着可怕的敌人,若是时间和场合选择不当,随时都会有被杀的危险。

原来大家都以为阿岛神婆是阿敏的母亲。实际上她是阿敏的远房叔母。阿敏的双亲在世时甚至都不曾来往过。根据阿敏继承祖业神社木匠的父亲所言："那个老婆子不是凡人。要是觉得有假，看看她的侧腹，长着鱼鳞呢。"他在路上碰到了阿岛神婆，立刻打火镰除邪或者撒盐驱魔。但是，其父亲过世不久，阿敏的发小，也是她母亲的侄女，一个疾病缠身的孤儿少女就过继给阿岛神婆当养女，自然阿敏家和神婆家就开始像亲戚一样走动起来。这也就一两年而已，阿敏的母亲走后，还没过一百天，无依无靠的她就到日本桥的新藏家做帮工。从那以后便和阿岛神婆断了来往。那么阿敏为何又到了那个神婆家呢？稍后再说吧。

话说神婆的出身，阿敏过世的父亲或许知道一二。阿敏则一无所知，只是听母亲还是谁提过，说神婆以前就是个招魂女巫。但是，阿敏和她相识时，神婆已经借助婆娑罗大神的奇怪力量开始加持与占卜了。这个所谓的婆娑罗大神，和阿岛神婆一样，是来历不明的神仙，有说是天狗啦，有说是狐狸啦，众说纷纭。作为阿敏守护神的天满宫神官则说，一定与龙宫有关。或许因为如此，每夜两点报时后，阿岛神婆都会从屋后的走廊沿着梯子下到竖川。她将身体泡在水里，没过脑袋，要待满半个多时辰。近来天气晴好倒没什么大碍，可是在隆冬腊月雨雪交加时，也就裹层浴衣，像一只人面水獭扑通扎进河里。有时阿敏很担心，一手拿着电灯，一手打开遮雨棚悄悄地看着河里。对岸一排排仓房的屋顶上残留着皑皑白雪，黑黢黢的水面上，神婆的短发脑袋像浮巢般漂着，格外显眼。而以此为代价，神婆的加持和占卜都很灵验。听起来好像都是在行善，其实花钱让神婆咒死父母、丈夫、兄弟姐妹的大有人在。实际上前段时间在这个石头河岸跳河自杀的男人，听说是神婆受某米店老板之托，不费吹灰之力给咒死的。该老板同这个男子看上了同一名柳桥的艺伎，但是，不知因何秘密的理由，像石头河岸这儿，只要在此诅咒死过一人，神婆的咒语便失灵了，无法加害身处那里的人。不仅如此，在那种地方发生的事，都可逃过神婆的千里眼。因此，阿敏才特意邀新藏到这个石头河岸来。

那么，为何阿岛神婆要极力阻挠阿敏与新藏的恋情呢？这事得从今年春天说起。当时，有个投机商请神婆测算股市走向，一眼就看中了阿敏的美貌。斥巨资让神婆上钩,让其应允纳阿敏为妾。若只为这事,花钱就可解决。然而这时又有了莫名的麻烦,就是离开阿敏,那个神婆就无法加持或算命。其实那个神婆一旦开始测算,须先请婆娑罗大神降临到阿敏的身体里,再从被附体的阿敏口中一一得到请示。有人会想,不用如此周折,让神灵附体神婆自己身上便可。但是进入那种似梦非梦的恍惚境界时,当时是可以通晓不为人知的灵通消息,而醒来后便忘得一干二净。无可奈何,神婆只得让神灵附体在阿敏身上,听取指示。因为这层原因,那个神婆自然不会放阿敏离开。可是,那个投机商又乘人之危,盘算着纳阿敏为妾,阿岛神婆定会跟来。那么正好可以让其卜算行情,走运的话便可富甲天下,财色双收。

然而,在阿敏看来,虽说是似梦非梦时说的话,但阿岛神婆为非作歹都是遵照自己的命令行事。若是没有良心就无所谓,若有良知必定非常害怕自己被用作害人的道具。如此说来,方才提到的阿岛神婆的养女,被过继后就充当这个角色,本身纤弱的身体愈发疾病缠身,最终她迫于内心罪恶感的苛责,趁神婆熟睡时上吊自杀了。阿敏从新藏家告假正是这个养女去世的时候。这个刚过世的可怜女孩给发小阿敏留下了封遗书，却正好被神婆利用。她想让阿敏接班，将计就计以此让阿敏告假并引诱到此处，态度强硬地宣称杀了自己也不会放她走。当然，与新藏约好见面的阿敏在当晚就想逃回去，可对方也十分警惕。阿敏每次观察格子门时，那里必定有条大蛇盘曲成团看守着，因此阿敏怎么都没能鼓足勇气迈出去。在那之后她也多次想趁机逃跑，可类似的怪事层出不穷，就是不能如愿出逃。于是，阿敏就无奈地死心认命，哭哭啼啼地听从神婆摆布。

可是，自之前新藏来过之后，神婆察觉到了二人的关系。平时就惨无人道的神婆已经不只是对阿敏恶语相加了。她又是打又是掐，更是等到三更半夜施展奇怪的法术，将阿敏的双手吊在空中，或者让大蛇绕脖，对她百般折磨，听着就让人不寒而栗。然而，更让阿敏痛苦的是，在这些责打的间隙，那个神婆冷嘲热讽，面目可憎地威胁道：这样还不死心的话，哪怕让新藏折寿，也决不把阿敏交于他手。这样一来阿敏更是一筹莫展。她认定这一切都是宿命，心想万一新藏的身上发生了无可挽回的事就不得了，于是下决心和对方坦白这一切，但又害怕等新藏了解个中原委后，嫌弃或是蔑视自己竟是做这等坏事的女人。在赶到阿泰家之前，阿敏一直犹豫不决。

阿敏说完这些，又抬起那苍白的面庞盯着新藏的眼睛说："这就是我不幸的过往。不管多么痛苦多么悲伤，只能死心，就当我们不曾相识。就这样——"说完阿敏就坚持不住，依偎在新藏的膝盖上，咬着衣袖哭了出来。不知所措的新藏一时间只能摩挲阿敏的后背，一会儿责备又一会儿鼓励。但要说与那个神婆为敌，如何才能保全两人的恋情，不得不遗憾地说他毫无胜算。当然，新藏为了阿敏决不示弱。他装出精神抖擞的样子，说："哎呀，别这么担心。时间久了自见分晓。"听完新藏敷衍的安慰，阿敏终于止住了眼泪。她从新藏的膝盖上起身时，仍然声音哽咽，束手无策地说："时间久了或许会有办法。可婆婆说后天夜里又要请神了。如果到时我说漏嘴了——"新藏听后再次受到打击，好不容易打起的精神又不禁泄气了。后天的话，今明两日内如果不想想办法，不光是自己，连阿敏都会沉沦到无法挽回的不幸深渊中。可是，只有区区两日，又怎能制服那个怪老婆子呢？就算是报警，在幽冥世界的犯罪，法律的力量也管束不到。社会舆论也只会把神婆的恶行当作是可笑的迷信，置之不理。想到这儿，事到如今新藏只能交叉双臂，茫然无措。痛苦的沉默持续了好一会儿。随后阿敏抬起泪汪汪的眼睛，眺望着闪烁着微弱星光的夜空，低声地嘟囔："干脆我死了算了！"而后像只惊弓之鸟，提心吊胆地环视四周，精疲力尽地说，"回去得太晚又要被婆婆责骂了。我得回去了。"说来到此已经半个时辰了。暮色混着潮水的气息笼罩着二人，对岸的木柴堆、停泊在那下面的苦篷船都隐入苍茫的暮色。只有竖川的河水像大鱼的腹部，连绵起伏，波光粼粼。新藏搂着阿敏的肩膀，温柔地吻了她，拼命地打气说道："总之明天晚上你再到这来一趟吧。我在那之前尽量想个法子。"阿敏用湿毛巾轻轻擦掉脸颊的泪痕，悲伤地默默点头。然后垂头丧气地从根府川石料上起身，和同样萎靡不振的新藏一起，经过石狮子走到寂寞的大街上，这时她忽然又泪如泉涌。黑夜中她露出美丽的后颈，难过地低着头，小声地说："啊，干脆我死了算了。"就在那时，刚才两只蝴蝶消失的那根电线杆下好像出现了一只硕大的人眼。那只眼睛没有睫毛，像蒙着淡青色的膜，瞳色浑浊，四处张望，大小足足有三尺。先是像水泡一样突然冒出来，而后稍微离地面，悬浮在半空中发呆。瞬间那只浑浊的浅黑色瞳孔又斜着跑到了眼角。更不可思议的是，这只大眼混迹在流溢于大街的黑暗中，虽朦胧不清，却掩藏不住难以言表的恶意。新藏下意识地捏起拳头护着阿敏，拼命地盯着那个幻影。实际上，那时新藏脊梁骨发冷，几乎窒息，仿佛风吹进了浑身的毛孔一样。他想喊出声，舌头却动弹不得。幸运的是，那只眼睛虽然一时间拼命地用异常憎恶的眼神回瞪新藏，但是眨眼间其形状变淡，最后贝壳般的眼皮脱落，那里就只剩下电线杆，看不到任何怪物的影子。只是，那黑凤蝶似的东西翩翩飞起，说不定是掠过地面的蝙蝠。而后，新藏和阿敏仿佛噩梦惊醒般，两人面无血色，互相对视，立刻读出彼此眼中可怕的思想觉悟。他们不由得紧紧握住对方的双手，哆哆嗦嗦打了寒颤。

半个时辰后，新藏依旧神色慌张地坐在通风好的里屋客厅，小声地和店主阿泰讲述当晚光怪陆离的遭遇。两只黑蝴蝶、阿岛神婆的秘密、幻象大眼睛……这一切对现代青年来说都是荒唐无稽之谈。阿泰之前就曾领教过那个神婆怪异的诅咒神力，所以并未怀疑。他一边让新藏吃冰激凌，一边凝息静听。"那只大眼睛消失后，阿敏脸色煞白地说：'怎么办？我在这里和你相见的事已经被婆婆知道了。'可我逞强地说：'事已至此。那就等于神婆和我们之间的战争开始了。管她知不知道。'麻烦的是，刚刚也提到的，我又和阿敏约了明天再在那个石头河岸见面。今晚的约会要是被发现了，恐怕明天她不会再让阿敏出门了。即使有好办法将阿敏从那个神婆的爪牙下救出来，也得今明两日之内就要想到。明晚如果见不到阿敏，那一切计划都化为泡影。这样一想，就觉得神佛已对我见死不救。和阿敏分别往这走的期间，就好像脚不着地，整个人飘飘然。"新藏这样道出原委后，回过神似的摇着团扇，忧心忡忡地看着阿泰。意外的是，阿泰并不吃惊。

他看了一会儿吊在屋檐上随风转动的金银花，终于扭头看向新藏，稍稍皱起眉头，自信满满地说："也就是说，你要达成目的有三道难关——第一，你必须安全地从神婆手中夺回阿敏；第二，此事必须在后天之前实行；在行动之前，必须在明天之内与阿敏碰头商量，这是第三个难关。而这第三个难关，只要冲破第一个和第二个难关，便会迎刃而解。"新藏还是一脸不愉快，疑惑地问："为什么？"于是，阿泰一副令人厌恶的镇定模样，说："什么？没有为什么。你要是见不到的话——"他忽然环视了四周，"这到紧要关头再说吧。根据你刚刚所说，那个老婆子好像在你身边布下了天罗地网，所以最好不要走漏了风声。其实我觉得第一、第二个难关也不是牢不可破。哎呀，都包在我身上吧。别说这些了，今晚喝点麦酒，好好壮壮胆。"说到最后，他轻松一笑糊弄过去了。新藏听完当然既焦躁不安又十分生气，但喝了酒后，又觉得阿泰的戒备是对的。两人谈论一些无聊的家长里短时，忽然阿泰注意到，新藏的餐盘上与熏鲑鱼的菜碟摆在一起的酒杯里，气泡消失的黑色大麦酒还是满满一杯，一口没喝。于是阿泰拿着滴水的酒瓶底部，催促对方："来，痛快地干一杯吧。"新藏没多想，端起酒杯正要一口干掉，只见直径两寸的圆形酒杯里，黑麦酒上倒映着屋顶的电灯和身后的苇帘拉门，就那一瞬间，出现了一张没见惯的人脸。不，准确地说是一张没见惯的脸，不能肯定是不是人脸。要我说，像鸟又像野兽，甚至像蛇或青蛙，都说得通。与其说是脸，不如说是脸的局部，特别是眼睛到鼻子的部分，遮挡了电灯的光线，影子清晰地倒映在杯中，仿佛越过新藏的肩膀悄悄地偷窥杯中。听起来好像时间很长，实际上，就在一瞬间，那只来历不明的眼睛在直径两寸的黑麦酒中与新藏刚对视上便消失不见了。新藏放下端到嘴边的酒杯，贼眉鼠眼地四下看看。电灯依旧很明亮，屋檐下的金银花依旧在风中摇摆。这个凉爽的里屋里，找不出什么带有妖气的物品。"怎么了？虫子飞杯子里了吗？"面对阿泰的询问，新藏无可奈何地擦了擦额头的汗，不好意思地说："哪里，这杯黑麦酒上映着一张奇怪的面孔。"听罢，阿泰像回声一样重复道："映着一张奇怪的面孔？"瞅了一眼新藏的酒杯。除了阿泰的脸自然没有其他类似面孔的东西，"是你神经作祟吧。那个神婆不会把手都伸到我这儿来了吧。""你刚刚不也说了嘛。那个神婆在我的周围周密地布下了天罗地网。""非常有可能。但是不至于——不至于那个神婆把舌头伸到杯中喝了一口酒吧。那就没关系，干杯吧。"——阿泰想尽办法让情绪低落的新藏振作，但是新藏却越发郁闷，最终还是没有喝完那杯酒，就准备打道回府了。阿泰没办法，再三热情地鼓励新藏千万不要垂头丧气，又说不放心他坐电车，便给新藏叫了人力车。

那晚新藏睡下后总是做噩梦，好几次都惊醒了。即便如此，天一亮，他赶快打电话给阿泰为昨晚的事道谢。接电话的是店里的管家，回答说："老爷今天一大早就出门了，不知去哪儿了。"新藏想阿泰该不会去了阿岛神婆家吧，又不能挑明了问。问了，旁人也不可能知道。于是拜托管家，让阿泰回来后立刻回电，便挂了电话。快到正午时，阿泰打来了电话。

果然，他今早去了阿岛神婆家，请她看看家里的风水。"幸好见到阿敏了。我把写了计划的信悄悄塞给她了。她明天才能回话。不管怎么说事态紧急，阿敏应该也会接受。"听阿泰这么说，新藏感觉万事都顺顺当当，愈发想知道所谓的计划，就问："你到底打算怎么做？"阿泰和昨晚一样，隔着电话笑眯眯地说："好啦，再等两三天。对手可是那个神婆，电话里也不能掉以轻心。总之，我还会给你打电话。再见。"挂断电话后，新藏一如既往地坐到了账房的格子隔扇后面。一想到这两天自己和阿敏的命运就成定局，心里说不上是没底还是焦虑，同时又有几分兴奋，总之莫名地激动，无心对账本和打算盘。于是便借口还未退烧，午后就一直在二楼起居室睡觉。然而，这期间他总是担心有谁在监视自己的一举一动，无论是睡着还是醒着，这种念头都固执地纠缠着他。其实，下午三点左右，新藏确实感受到了，在二楼的楼梯口，有谁蹲在那里，那道视线越过苇帘看向自己。他立即起身跑过去查看，可是擦得锃亮的走廊里，只有窗外的天空模糊地倒映着，不见任何人影。

就这样到了第二天，新藏越发坐卧不安，翘首盼着阿泰的来电。终于，在和昨天同一时刻，他如约接到了电话。听声音,阿泰比昨天更是精神百倍,得意地说:"告诉你,阿敏终于回话了。一切按照我的计划实行。什么?怎么收到她回话的?我又假装有事,亲自去了那个神婆的家呀。昨天送信时说好了,所以今天阿敏开门迎我时,顺势把回信塞给了我。她的字迹很可爱,用平假名写着'遵命'。"可是,今天奇怪的是,阿泰在说的时候,除了他的声音,电话里还夹杂了另一个人的声音。而这个声音在说些什么完全叫人听不明白。总之与阿泰洪亮的声音正相反,那个声音慢吞吞的,鼻音重,有气无力地喘着气,好比向阳处和背阴处的反差,穿插在阿泰说话的间隙,从听筒的深处传来。刚开始新藏以为是混线了没太在意,只顾催促阿泰:"后来呢?后来呢?"他忘我地追问着朝思暮想的阿敏的消息。然而,不一会儿,阿泰好像也听到了那个奇怪的声音,问:"怎么这么嘈杂?是你那边吗?"新藏回答:"不,不是我这边。是混线了吧。"阿泰咂了一下嘴,说:"那挂了重新打一次。"尽管他三番五次地埋怨接线员,耐着性子重拨电话,但蛤蟆般的嘟囔声仍然不绝于耳。最后阿泰认输，又接着刚才的话说道："没辙了。估计是哪里出了故障。话说，回到正题。既然阿敏终于同意了，那计划一定会成功。你就安心地等好消息吧。"新藏还是在意阿泰所谓的计划，又像昨天那样问道："你到底打算怎么做？"对方还是卖关子，半开玩笑似的说："再忍耐一天。到明天这个时候就能告诉你了。好了。不要这么着急，你就放一百个心等着吧。所谓静候佳音。"话音未落，又有一道模糊的声音传到耳边："别白费力气了。"这是明显的嘲讽。阿泰和新藏不由得同时问道："刚才的声音是怎么回事？"这时听筒早已鸦雀无声，完全听不到那个嘟囔的鼻音了。"这可不行。刚才那声音，我告诉你就是那个神婆。弄不好，费尽心思的计划也要——好吧，一切都看明天了。那我挂电话了。"阿泰说完就挂断了电话，能听出来他的声音中带有几分狼狈。实际上，如果阿岛神婆注意到两人的电话，那么肯定已经盯上了阿泰与阿敏秘密交换信件的举动。阿泰心慌意乱也是情理之中的事。

更何况在新藏看来，虽然不知道他们的计划，但阿泰无可替代的计划若是被神婆搅黄了，那就只能万

191

事皆休了。因此，新藏挂断电话后，像丢了魂似的，心不在焉地走到二楼的卧室，眺望着窗外的蓝天直到天黑。也许是错觉，那天空中不时出现不吉利的黑凤蝶，几十只成群结队地飞舞，交织出令人不快的印花图案。新藏身心俱疲，甚至对那怪异景象见怪不怪了。

那晚新藏又不停地做噩梦，根本没睡好。不过天亮后，又有了几分干劲，味同嚼蜡般吃完早饭便立即打电话给阿泰。"你这也太早了。这种时候打电话给我这个爱睡懒觉的，简直太残酷了。"阿泰睡眼惺忪地抱怨。但是新藏压根不理会，像个磨人的孩子，坚持说："我自从昨日接完电话后，就没法子在家干等着。我现在就去你家。不对，只在电话里听你说，实在不放心。等着，我现在就过去。"阿泰听他情绪激动，也别无他法，只能老老实实说："那你来吧。我等你。"新藏一挂电话，板着脸看了神色忧虑的母亲一眼，没说去哪儿就冲出店外。出门一看，只见天空阴沉，东边的云层间透出赤铜色的光线，天气格外闷热。新藏本就无暇顾及其他，立刻跳上电车。幸好车厢很空，他便坐在了最中间。此时，看似恢复的疲倦仍不怀好意地留在他体内，新藏再次无精打采，他甚至感到剧烈的疼痛，仿佛被硬挺的稻草帽正勒紧了脑袋。他一心想排遣情绪，抬起一直盯着木屐脚尖的目光，看了看左右隔壁，发现这辆电车上也有怪异之处。车顶两侧整齐排列的吊环随着电车的晃动也像钟摆一样回摆，可新藏面前这只却始终一动不动。最初他觉得奇怪，却没有多想。可是不久，一种被人监视的不快感愈发浓烈。新藏觉得不能再坐在这只吊环下，于是特意换到对面角落的空位子上。换过去后猛地抬头一看，原本晃动的吊环忽然像是被固定住了，又不动了。而刚才的那只吊环，仿佛喜获自由，活力十足地来回晃动。

此等怪事虽说屡见不鲜，但新藏这时依旧感到难以言喻的恐怖，甚至都忘记了头痛，不由自主地用求救般的眼神环视着其他乘客。于是，坐在斜对面一位退休老人模样的阿婆，越过黑罗纱披风的领口，隔着金边眼镜瞪了一眼新藏。当然，她肯定和那个神婆毫无瓜葛。但是新藏在感受到其视线的同时，立刻想到阿岛神婆那张青肿的脸，便心烦意乱。他冷不防地把车票递给乘务员就跳下了电车，比失手的扒手还迅速。

但是，不管怎么说电车正在高速行驶，新藏脚刚着地，稻草帽就飞了，木屐带也断了。新藏也摔了个大马趴，膝盖擦破了皮。要不是他起来得快，就要被扬尘而来的货车给碾压了。新藏满身泥土，又被迎面喷了一脸汽油尾气，看着从侧面疾驶而过的黄色车身上的黑色蝶形商标，觉得自己捡回一命简直就是奇迹。

事发地距离鞍挂桥站百米开外，恰好一辆没有载客的人力车经过，新藏先上了车。他仍然惊魂未定，催促车夫去往东两国。一路上，他心有余悸，膝盖的伤口也阵阵作痛。加之刚才那番骚动，新藏又担心会发生翻车等不吉利的事，吓得魂不附体。特别是车子来到两国桥时，只见国技馆的上空，镶着朦胧银边的乌云叠叠层层；宽阔的大川河面上，犹如小灰蝶翅膀般的帆影聚在一处。新藏见此情景，愈发觉得自己和阿敏生离死别的时刻就要来了，一股悲伤的激动之情涌上心头，不由热泪盈眶。因此当车过桥，终于停在阿泰家门口时，是喜，还是悲？新藏百感交集，自己也无法分辨。他分秒必争似的将超额的车费递到一脸诧异的车夫手里，仓皇地钻进店里的暖帘。

阿泰见到新藏，热情地将他带到了里屋客厅。不一会儿看到他手脚的擦伤和绽开线的单裆，吃惊地问："怎么了？这副模样。""从电车上跳下来摔倒了，在鞍挂桥跳车失败。""你又不是乡下人，再笨也不至于这样吧。那又为何在那种地方跳车呢？"于是，新藏就一五一十向阿泰讲述了在电车中遇到的怪事。阿泰热心地听完事情的经过后，皱起眉头自言自语："情况不妙啊。怕不是阿敏失败了。"新藏听到阿敏的名字，忽然心跳加速，诘问道："你说怕不是失败了，你到底让阿敏做了什么？"阿泰没有回答，不知所措地叹气："当然，事情变成这样，我难辞其咎。我要不是在电话里告诉你递信给阿敏的事，那个神婆肯定不会发现我的计划。"新藏终于按捺不住了，颤抖着声音不停地埋怨："都到这份儿上了，你还不告诉我你的计划。你也太冷酷了吧。托你的福，我必须遭受双重折磨。""好了。"阿泰挥手安抚他，"你说得很对。我当然明白你说得在理，不过，既然对手是那个神婆，你要理解我这也是迫不得已。其实我刚才也说过了，要是我不告诉你我递信给阿敏了，或许一切都会顺利。

不管怎么说，你的一言一行都被阿岛神婆看穿了。不，也许上次打完电话后，我也被神婆盯上了。不过，到目前为止，我还没遇到过你说的那些怪事。所以我的计划是否失败了还不好说。在真相大白之前，即便被你怨恨，我都要藏在心里。"阿泰又是引导又是安慰。

新藏听后即便能理解阿泰的想法，却依旧很担心阿敏的安危。他眉宇间依旧表情凶狠，带着顶撞的语气追问："尽管如此，那你能保证阿敏没有伤着吗？"阿泰也满脸忧心忡忡，只说了句："不好说。"然后陷入苦思冥想。过了一会儿，他瞟了一眼隔壁屋的挂钟，下定决心地说，"我也担心得不得了。那先不去神婆的家，去那附近侦察看看吧。"新藏实际上也忐忑不安，没法这样悠闲地坐定等待，自然不会拒绝。于是两人一拍即合，不到五分钟，穿着单褂并肩而行，匆匆离开了阿泰的家。

但是刚离开阿泰家，还没走出五十米远，身后吧嗒吧嗒有人追了上来。他俩回头一看，不是什么怪物，是阿泰店里的小伙计，肩上扛着一把蛇眼伞，急匆匆地来追老板。

"送伞来？""是的。管家说像要下雨，让您拿着。""既然这样，应该也给客人送一把呀。"阿泰苦笑着接过伞。小伙计神气地挠挠头，做作地鞠了一躬，便撒欢似的往回跑。说要下雨，果真刚才头顶上的积雨云黑压压地遮住了半边天，云缝里照射下来的光线犹如锃亮的钢铁，带着瘆人的寒气。

新藏与阿泰一起边走边凝望着天色，又有一种不祥的预感，自然没有兴致说话，只铆足劲加快步伐。阿泰总是落后，他不断地小跑着跟上去，着急忙慌地擦着汗。但后来他就放弃紧追不舍了，让新藏走在前头，自己提着蛇眼伞，不时同情地望着友人的背影，悠闲地跟在后面。就在两人来到一道桥桥头左拐，走到阿敏和新藏傍晚看到幻象大眼的石头河岸时，后面来了一辆人力车，驶过阿泰的身旁。看到车上的乘客，阿泰突然皱起眉头，大声地叫住新藏："喂，喂！"新藏无奈停下脚步，不情不愿地回过头，不耐烦地说："什么事？"阿泰快步赶上来，问了个奇怪的问题："你看到刚才坐在那辆车上的人了吗？""看到啦！瘦瘦的戴着黑色眼镜的男人吧。"新藏一脸狐疑地说完，又迅速迈开步子。

阿泰更加不畏缩，口气比刚才更严肃，说出了一个意外的事实："那个，告诉你，他是我家的大客户，叫键惚，是个投机商。我觉得想纳阿敏为小妾的有可能就是那个男人。哎呀，倒也没什么根据，忽然就有这种直觉。"新藏还是闷闷不乐地丢出一句："你想多了吧。"他连那块"桃叶汤"的广告牌都不看一眼就径直往前走。阿泰拿着蛇眼伞指了指两人前进的方向，得意扬扬地回头看着新藏，说："未必是我想多了。你瞧！那辆车不是停在了阿岛神婆的家门口嘛。"抬头一看，刚才那辆车真的停在了等待雨水浇灌的垂柳树荫下，印有金纹家徽的车尾朝着这边，车夫坐在脚踏板上悠闲地歇脚。新藏见状，愁眉苦脸的神情终于微微舒展，却依旧用无精打采的语气不耐烦地说："可是，你看，请那个神婆占卜的投机商，恐怕除了键惚还有其他人吧。"说话的间隙，两人已经来到与阿岛神婆家相邻的泥瓦匠铺前了。

阿泰不再争辩，而是小心翼翼地警戒着周围，像是保护新藏似的，与他贴着肩慢吞吞地走过阿岛神婆家门口。两人边走边用眼角偷瞄房里的动静。与往常不同的是，只是多了键惣坐的这辆人力车。与刚才从远处观望相比，现在近在眼前，正好在泥瓦匠铺面的出水口前，粗暴地压出两道粗粗的轮毂印，停在那里。车夫耳后夹着烟蒂，一本正经地读着报纸。然而，除此之外，竹格子窗，黑黢黢的木格门，甚至木格门里还未换成苇门的旧隔扇的颜色，一切与往常别无二致。不仅如此，屋内也一如既往，笼罩在一种阴森森的寂静之中，更别说侥幸能看到阿敏，就连她那可爱的蓝底白碎花的单褂袖口都不曾闪现。因此，二人经过阿岛神婆家的门前，走到隔壁的杂货铺时，尽管一直以来的紧张感有所缓解，但又背负上了苦心的期待落空后的沮丧感。

走到杂货铺前时，只见店头摆放着再生纸、圆形刷帚、洗发粉等，上方挂着一排写有"蚊香"字样的大红灯笼。站在店头和老板娘在说话的人不正是阿敏吗？他俩不禁互相对视，刻不容缓地提起单褂的下摆，大模大样地走进杂货铺。有所察觉的阿敏回头看了他俩，苍白的脸颊上泛起了红晕。可是当着杂货铺老板娘的面，她必须有所顾忌。她站在店门口的垂柳枝下，勉强地按捺住内心的激动，轻微地惊讶道："哎呀。"这时，阿泰从容不迫地用手碰了碰帽檐，若无其事地搭话："您母亲在家吗？""嗯，在家。""那，你这是？""受客人所托来买半纸①——"阿敏还没说完，垂柳树荫下的店头一下子暗了下来，忽地一线线细雨斜斜地下了起来，冷冷地掠过写着"蚊香"字样的大红灯笼。与此同时，雷声轰鸣，连柳条也直颤动。阿泰趁机折回店外一步，同时瞅着阿敏和老板娘，假装快活地笑着说："那请你带个话。我又有事想请她算一卦。刚才我在门口喊了好几声，没人应我。原来关键的通报人在这偷懒呀。"当然，一无所知的杂货铺老板娘不会注意到这是阿泰巧妙的演技，急忙催促道："那阿敏你赶紧回去吧。"她自己也因这突降的细雨，忙着收拾大红灯笼。于是，阿敏打了招呼："大娘，回聊了。"便夹在阿泰和新藏中间走出了店门。三个人当然没有在阿岛神婆家门口停下，他们撑着蛇眼伞

---

① 特指纵长约 26 厘米，横长为 32~35 厘米的日本纸。

挡着滴答滴答落下的大颗雨点,朝一道桥的方向快步走去。其实,刚才那几分钟,两位当事人自不用说,就连平时生龙活虎的阿泰,也觉得命运的赌局到了一决胜负的关键时刻了。三个人不约而同地低着头,仿佛置身于倾盆大雨之外,默不作声一直走到那石岸边。

不久便来到那对花岗石狮子对面,阿泰终于抬头回看二人,说:"这里最安全,进去躲躲雨,顺便歇一歇吧。"于是,三个人躲在一把伞下,穿过垒积的石料堆的间隙,来到平常石工干活的地方,钻进搭在石头河岸一角的草席棚下。雨越下越大,滂沱大雨下得白茫茫一片,甚至都看不清竖川的河对岸。就这一顶草席棚,根本挡不住雨。不仅如此,浓雾般的雨滴与湿润的土腥味一起从外面弥漫进来。三个人钻进草席棚,也得撑着一把蛇眼伞挡雨。他们在还未完工的门柱石料上紧挨着坐了下来。刚一落座,新藏就立刻开口:"阿敏,我以为再也见不到你了。"这时,大雨中斜着闪过一道青白色的电光,随即雷声轰鸣,像是撕裂了云层。阿敏不由得将梳着银杏发髻的头伏在膝上,好一会儿一动不动。然后,她抬起没有血色的脸,用迷离的眼神出神地看着外面的雨势，说："我也已经做好思想准备了。"语气平静得让人害怕。殉情——听到阿敏这话的瞬间，这个不安稳的字眼犹如白磷写下的一样，烙印在新藏的脑海里。坐在二人中间用力撑着蛇眼伞的阿泰，困惑地看着两边，立马用洪亮的声音将话题转移到实质性的问题上："喂！你得振作起来。阿敏你也要鼓起勇气。每每这种时候，人就会想着赴死。这是情理之中。刚才的客人是叫键惚的投机商吧。是啊，我也略知一二。想纳你为妾的，就是他吧？"这时，阿敏忽地像睡梦惊醒般，清澈的双眼盯着阿泰，悔恨地说："是的。就是那个人。""你看。果然如我所料。"说完阿泰神气地看着新藏，随即又认真起来，关怀地对阿敏说："照这雨势，那键惚在你家怎么也得等上二三十分钟。趁这个时间，快说说我的计划进行得如何。万一计划落空，男子汉理应赴汤蹈火。我这就去你家，直接和键惚交涉。"阿泰气概十足地断言，新藏听来也备感可靠。

此时，雷声越来越激烈。虽说是白天，但大型闪电在空中疾走，瀑布般的暴雨毫不停歇。阿敏已经忘记了悲伤，做好拼死的准备。她那美丽的面庞上更是多了几分冷峻，颤抖着那不会变色的红唇说："计划都败露了。一切都泡汤了。"她的声音很纤细却很通透。随后阿敏在雷雨交加的草席棚下失望地喘息着，断断续续地告诉他们发生的一切。原来，对新藏保密的阿泰的计划，竟在昨晚一夜之间受到重挫，完全败露了。

阿泰最初从新藏那里得知，阿岛神婆请神附在阿敏身上以求神谕时，突然心生一计，让阿敏假装神明附体，引诱神婆上当再收拾她，这是最直截了当的方法。于是，就像刚提到的，他假借让神婆看风水登门拜访，悄悄地将写了计划的信递给了阿敏。阿敏虽然认为执行这个计划是铤而走险，可眼下也没有其他妙招消灾解难。于是第二天一早下定决心，回复阿泰"遵命"。然而当天夜里十二点，待到神婆像往常一样在竖川里泡过澡后，又祈祷婆娑罗大神显灵时，方才知道那根本不是人力所能解决的障碍。要说个中详情，必须先说说那个神婆脱离现世的神通法术。阿岛神婆请神时，竟然只给阿敏裹一条浴衣，将她双手反剪吊起来，让其披头散发，熄灭电灯，朝北坐在房间的正中央。而后自己也赤裸身体，左手点着蜡烛，右手拿着神镜，叉开双腿站立在阿敏面前，嘴里念着秘密咒语，反复用镜子直指对方，专心致志地祈祷。光是这番折腾，换作一般女子，怕是早已昏厥。念咒的声音越来越大，那个神婆举起镜子作盾牌，一步一步地逼近。她毫不手软，一直折磨到双手动弹不得的阿敏被镜子的气势压倒，仰面倒在榻榻米上。阿敏倒地后，那个神婆好似一只食尸肉的爬行动物，匍匐逼近，压在阿敏的胸口，迫使阿敏从正下方长时间仰视烛光映照下毛骨悚然的镜面。时机一到，那个婆娑罗神像是从古老的沼泽底部升起的瘴气，无声地躲在暗处，偷偷地附到女人的身体里。

阿敏慢慢变得目光呆滞、手脚抽搐，在神婆连珠炮似的发问下，上气不接下气地透露出了秘密。那晚，神婆也这样按部就班地请求神灵现身。阿敏遵守和阿泰的约定，假装昏迷，可内心却丝毫不敢松懈。她打算瞅准机会就煞有介事地传达虚假的神谕，告诫神婆不要妨碍二人的恋情。

当然，她下定决心，到时候面对神婆的刨根问底，假装神意不可违，不作任何回应。可是，当凝视烛光下那面小而耀眼的镜面时，尽管她努力地保持清醒，却依旧自然而然地变得神情恍惚，不知不觉中就陷入失去心智的险境中。那个神婆连念咒的间隙都警惕地监视着阿敏的神色，使她的视线无法趁机离开镜子。于是，镜面像是要吸聚阿敏的视线般，愈发放射出奇怪的光线，一寸一寸地、一分一分地咄咄逼近，比宿命还令人害怕。再加上脸部青肿的神婆念念有词的念咒声，像无形的蜘蛛网一样，从四面八方束缚阿敏的内心，将她拖入似梦非梦的境地。

这究竟持续了多久，阿敏事后连朦胧的记忆都没有。总之，时间之长让人感觉犹如过了漫长的一夜，阿敏费尽心思到头来却是白费力气，最后掉进那个神婆的圈套中。微暗的烛光闪烁，无数只大大小小、形形色色的黑蝴蝶转着圈猛地飞向屋顶，随即眼前的镜子消失不见了。阿敏一如往常，死人般沉睡过去。

雷鸣雨声中，阿敏的双眼和双唇都竭尽全力地诉说了来龙去脉。一直认真倾听的阿泰和新藏不约而同地一声叹息后面面相觑。尽管事先已做好计划失败的心理准备，但仔细听完事情的经过，他们才痛切地体会到幡然醒悟后的绝望，明白一切皆已化为泡影。一时间，两人哑巴似的缄口不语，茫然自失地听着翻天覆地的暴雨声。很快阿泰鼓起勇气，对着极度兴奋后又郁闷消沉的阿敏，鼓励般问道："当时的经过都不记得了吗？"阿敏低着头回答："是的。都不记得了——"随即又用哀求的眼神诚惶诚恐地看着阿泰，怨恨地补充道，"好不容易醒过来，天都亮了。"说罢，阿敏突然掩面偷偷地痛哭起来。外面的天色完全没有转晴的迹象，头顶上雷声轰鸣，炸雷仿佛随时都会落地；灼眼的闪电频频疾走，将草席棚内照得雪亮。此时，一直呆坐不动的新藏不知为何猛地起身，一脸骇人的凶相，要冲到狂风暴雨、闪电雷鸣的棚外。他手中还提着石匠丢下的凿子。阿泰见状迅速丢下蛇眼伞，从后面追上去抱住双肩将他摁住："喂！你这是疯了吗？"阿泰不由得怒喝，强行将他往回拉。只见新藏判若两人，尖声喊道："你放开我。事已至此，要么我死，要么只能杀了那个老太婆。""别做傻事。这不今天键惣正好也来了。让我去——""键惣算个什么东西？

想纳阿敏为妾的家伙会听你的话吗？别废话，你放开我！喂！要当我还是朋友就放开！""你忘了还有阿敏。你要是做了傻事，那她怎么办？"二人互相推搡时，新藏感受到阿泰温柔的上臂不停地哆嗦，却强有力地搂着自己的脖子。他又看到阿敏清澈的双眼泪如泉下，带着无限的悲伤注视着自己。最后，在暴雨声中，新藏听到一个微乎其微的声音嘟囔道："让我同你一起死吧。"说时迟那时快，附近产生了落地雷，伴随着天空撕裂般的一声霹雳，紫色的火花散落在眼前。新藏被恋人与朋友搂在怀里不省人事。

几天后，新藏终于从冗长的噩梦般昏睡状态中醒来，发现自己安静地躺在日本桥家中的二楼，额头上敷着冰袋。枕边放着药罐和体温计，还有一盆小小的牵牛花，开着可爱的深蓝色花朵。时刻应该是清晨。大雨、雷鸣、阿岛神婆、阿敏——新藏追寻着模糊的记忆，转眼一看，意外地发现坐在苇帘门旁的阿敏，银杏髻蓬乱，脸色苍白，愁颜不展。不，她并不是干坐着，看到新藏醒来，顿时红着脸恭谨地说："少爷，您醒啦。""阿敏？"新藏以为还在做梦，叫了声恋人的名字。"哎呀。这下终于安心了。哦。别动,别动!你可一定要静养。"此时,枕边意外地传来了阿泰的声音。"你也在呀!""我也在。你母亲也在。医生刚回去。"二人问答之际,新藏的目光离开了阿敏,愣愣地看着反方向,仿佛在看远处的东西。确实是阿泰和母亲坐在枕边,二人神态轻松,互相对视着。好不容易苏醒的新藏还不清楚,在那夜骇人的雷雨之后,自己是如何回到日本桥的家中的。一时间他只是茫然若失地看着三个人。母亲慈祥地注视着新藏,安抚道:"一切都顺利解决了。所以你要好好调养,早日恢复健康。"接着阿泰也补充道:"放心吧!你俩的真心感动了神灵。阿岛神婆在和键惣交谈时,被雷劈死了。"他的心情比以往更加欢快。新藏听到这个意外的好消息,一种悲喜交加、难以言状的莫名感动涌上心头,不禁两行泪下,闭上了双眼。正在照顾他的三人以为他又昏厥了,顿时手忙脚乱,坐立不安。新藏睁开眼,正准备起身的阿泰回头看了看两个女人,故意夸张地咂舌说:"怎么回事?别吓唬我们啊!请放心吧。人生就是喜怒无常。"其实,新藏一想到那个怪老太婆已不在世上，不由得笑了起来。片刻之后，在享受着幸福的微笑后，新藏看向阿泰，问道："键惣呢？"阿泰笑着说："键惣吗？键惣只是昏厥过去了。"不知为何，阿泰稍显犹豫，随后又改变主意似的，说："我昨天去探病，从他口中得知，阿敏被神灵附体时，反复告诫如果妨碍你俩的恋情，神婆便会有性命之忧。但神婆权当是戏言，隔日键惣去时，更是扬言哪怕大开杀戒也要拆散你们。看来我的计划无疑是败露了。但实际上事情的发展又如我的计划。怎么也没想到，那个阿岛神婆将神谕当作戏言，最终自取灭亡。这么看来，婆娑神是善是恶，难以辨别。"听完阿泰诧异的描述，新藏愈发惊叹这些日子将自己玩弄于股掌之间的幽冥之力的神奇。他猛然想起那日雷雨之后自己的遭遇，便问："那我呢？"这次阿敏代替阿泰，心平气和地补充说："我们立马在石岸边叫了辆车，把你送到附近的医生那儿了。因为被雨淋湿，您高烧不退。傍晚回到这儿时，完全失去了意识。"听罢，阿泰也满意地凑上前，鼓励道："多亏了你母亲和阿敏，你高烧才退了。她俩至今整整三天，一直照看说胡话的你。阿敏就不用说了，连你母亲都未曾合眼。当然，至于阿岛神婆，出于行善积德之故，我包揽了其葬礼。两边都受到了你母亲的关照。""母亲，谢谢您。""什么话？你啊，最应该谢谢阿泰了。"说着说着，母子俩，不，阿敏和阿泰也都热泪盈眶。但是，阿泰到底是男子汉，立马打起精神说："快到三点了吧？我该回去了。"随即便要起身。新藏疑惑地皱起眉头，问了个奇怪的问题："三点？现在不是清晨吗？"阿泰目瞪口呆地说："开什么玩笑？"然后拿出腰间的怀表打开盖子要给新藏看，发现新藏正在看枕边的牵牛花，忽然面带微笑地说，"这盆牵牛花是阿敏在那个神婆家精心栽培的。奇怪的是，唯独在那个雨夜开放的这朵深蓝色花至今不败。阿敏总对我们说，她深信只要这朵花不败，你就一定能痊愈。功夫不负有心人，你终于醒过来了。同样匪夷所思，但这件事温情满满呀。"

大正八年（1919）九月二十二日

路　　上

◻︎　一　◻︎

晌午的炮声响起，原本近乎空荡的大学图书馆半个时辰不到，一眼扫去，几乎坐满了读者。

坐在桌前的大抵都是学生，其中也混杂着两三位穿着短和服套装或西服的年长者。整整齐齐坐满读者的宽阔空间的对面，墙壁上镶着大钟，下方是昏暗的书库入口。入口的两边是高高的大书架，一层层摆放着皮脊发旧的图书，看上去宛如守卫学问的堡垒。

尽管馆内坐满了读者，却依旧鸦雀无声，又或者说，这是一种人多方才感觉到的沉默。翻阅书籍的声音、纸上疾走的笔声，还有偶尔的咳嗽声，甚至都被这沉默压制，还没传到天花板就消失了。

俊助坐在图书馆靠窗的位置，从刚才开始一直细心地看着细小的铅字。他是个皮肤浅黑、体格健壮的青年。看到他校服衣领上的字母 L，立马就能知道他是个文科学生。

他的上方是一扇高高的窗户，透过窗外茂密的橡树叶可以看见些许天空。天空不停地被云层遮盖，早春和煦的阳光也很少照射进来。即使照射进来，还没等随风摇曳的橡树叶朦胧地倒映在书页上便已消失。书页中，好几行字下画上了红线。随着时间的推移，红线逐渐画满了一页又一页。……

十二点半、一点、一点二十……书库上方的大钟指针精准地不停走动。两点左右,一位戴着学生帽的小个子学生,黑棉布和服下穿着小仓布裤裙,懒洋洋地双手揣在怀里,大摇大摆地从门外走到图书馆入口附近的目录柜前。从那随意夹在怀里的笔记本的署名可知,他也是文科学生,叫大井笃夫。

他站在那里,片刻间只顾瞪着双眼物色周围的书桌,然后看到俊助在对面窗户洒进的微弱阳光下正专心致志地翻书。他立刻走近其身后,小声地打了招呼:"喂!"俊助吃惊地抬起头回头一看,浅黑的两颊立刻露出笑容,简单地回了句:"你好!"大井也戴上帽子,点了点下巴致意,随后用扬扬得意的傲慢语气说道:

"今早在郁文堂碰到野村了。他托我给你带个口信。如果你方便的话,三点前去趟钵木的二楼。"

二

"是吗?谢谢你。"

俊助说着掏出一块小金表看了看。大井从怀里抽出手摸着刚刮过胡须的青下巴，扫了眼金表：

"你还有这么精致的物品。这不是女士手表？"

"这个吗？这是我母亲的遗物。"

俊助轻蹙眉头，随意地把手表收进口袋，魁梧的身体慢慢站起来，收起桌子上零乱的彩笔和小刀。大井拿起俊助读过的书籍，随手翻看了几处，轻蔑地笑道："嗯哼，享乐主义者马里乌斯！"噎回一个呵欠，接着说，

"俊助，享乐主义者的近况如何？"

"不怎么样。毫无起色，一筹莫展。"

"别谦虚了。光是挂着女士金表，就远比我强。"

大井放下书，又把手揣回怀里开始哆嗦腿。看到俊助穿好外套，像是突然记起事一般，一脸严肃地问道：

"喂。有人向你推销《城》同好会的音乐门票吗？"

《城》是四五个文科学生标榜"为艺术而艺术"，最近开始发行的同人杂志的名称。那群人主办的音乐会近期要在筑地的精养轩举行，俊助也早已通过法语系布告栏里的广告知道了。

"没有。很幸运还没人向我推销。"

俊助如实回答。他把书夹在腋下，戴上具有时代特色的学生帽和大井一起离开了座位。大井一边走着，一边狡猾地活动着眼珠，说：

"是吗？我以为早有人向你推销了。那你这回一定要买一张。我当然不是《城》的同人，但他们同人藤泽托我兜售，我正一筹莫展呢！"

这让俊助措手不及，在回答买还是不买之前，他禁不住先苦笑起来。大井从印有家徽的黑色棉和服的袖兜里掏出两张印有《城》同人标记的别致的门票，宛如展示花纸牌似的给俊助看：

"一等票三日元。二等票两日元。喂，你要哪种？一等还是二等？"

"都不买。"

"不行不行！戴着金手表的你，有义务买一张。"

两人就这样你一言我一语地穿过坐满读者的书桌间，终于走到了被风吹日晒的大门口。此时，正好一位头戴大红土耳其帽[①]、身材干瘦的大学生，穿着学生

---

① 指平顶、中央有穗的圆筒帽子。原为土耳其人戴用，故得名土耳其帽。

215

制服、披着短外套风风火火地从门外走进来。与大井迎头碰上后,他立刻用女人般温柔的声音,极其不自然地殷勤问候道:

"你好,大井。"

三

"哎呀,失敬!"

大井站在鞋柜前,声音依旧粗犷。同时,他又怕俊助会悄悄溜走,于是扬起那刚刮过胡须的青下巴傲慢地指了指土耳其帽,简单地介绍了两人:

"你还不认识这位先生吧?法语系的藤泽慧,《城》同人的核心人物。前段时间出版《波德莱尔诗抄》的就是他。这位是英语系的安田俊助。"

俊助无奈地露出暧昧的笑容,脱下圆帽默默致意。而与俊助不谙世事的态度截然不同,藤泽非常圆滑地问候道:

"久仰大名。大井经常提到您。听说您也在创作?

今后，若有大作诞生，还请赐稿《城》同人杂志。您别客气！随时恭候！"

俊助依旧面带微笑，只好随声附和了几句"不""哪里"。一直用讥讽的眼神来回观察二人的大井，拿出刚才的票示意土耳其帽，自吹自擂道：

"我正在卖力地为《城》同人跑腿呢！"

"啊，是吗？"

藤泽用近乎令人不快的殷勤眼神来回瞄了俊助和门票，又迅速看着大井说：

"那，赠送俊助一张一等门票吧。有失礼节了，票的事您不用担心。您会赏脸来听吗？"

俊助一脸困惑，一个劲地谢绝。然而，藤泽仍旧满面和善的笑容，再三邀请道"若您不嫌弃，请一定要赏脸"，不肯轻易地收回递出去的门票。不仅如此，他那笑容背后甚至露骨地显现出一种担心万一被拒后的不快神情。

"那我就收下了。"

俊助终于让步，不情不愿地接过门票，冷淡地道了声谢。

"请收下。当晚还有清水昌一的独唱,请务必与大井一起光临。大井,你知道清水吧?"藤泽满意地搓着修长的双手,亲切地问大井。大井不知为何从刚才开始一直用奇怪的表情听着两人对话。此时,他用鼻子长长地呼出一口气,一本正经地双手揣在怀里说:

"当然不知道。音乐家和狗一直以来都是我的禁忌。"

"对,对。我记得你最讨厌狗。歌德也讨厌狗,也许天才都这样。"

土耳其帽装腔作势地大声笑着说道,似乎期待俊助的赞同。然而,俊助低着头,仿佛听不见那尖锐的笑声,随后用手扶着那具有时代特色的学生帽的帽檐,同时瞅着两人的脸,不自然地招呼道:"那我先失陪了。再会!"说完便匆匆走下石阶。

四

俊助与二人分别后,忽然想起这次搬家的事还没有向大学的事务处汇报。于是又掏出刚才金表瞅瞅，距离约定的三点不足半个小时，但还有点时间，他决定顺道去趟事务所。俊助将双手插进衣兜里，慢悠悠地朝着大学法语系的旧式红砖大楼走去。

突然，头顶上隆隆地响起一声春雷。抬头看去，天色不知不觉已如搅拌后的灰汁桶，朝着宽阔的碎石子路吹来一阵微暖的湿润南风。俊助念叨着"要下雨了"，却不见有一丝匆忙的神情，夹着书籍依旧不紧不慢地向前走。

就在他念叨间，隐约又传来一声春雷，冰冷的雨点吧嗒打在脸上。紧接着又有一滴擦过帽檐，碰撞出一道细如发丝的光线。红砖大楼的颜色渐渐变得冷峻。当走到正门延伸到此的银杏树林荫道时，高高的树梢上早已烟雾蒙蒙，淅淅沥沥下起了雨。

俊助走在雨中心情低落。耳边回响起藤泽的声音，眼前浮现出大井的面孔，随后又想到他们所代表的俗世。他眼中普罗众生的特点是践行到底、贯彻始终，又或者是付诸实践前深信不疑。然而，他苦恼于与生俱来的性格以及迄今为止所受的教育，早已丧失了重要的深信不疑的能力，更谈不上鼓起付诸实践的勇气。因此，他无法做到与尘世间为伍，果断投身这瞬息万变的生活旋涡中。袖手旁观，他只能如此。局限于此，他不得不体味从广阔的尘世间分离出来的孤独。这就是他虽与大井往来，却仍被嘲讽为享乐主义者俊助的缘由所在，更别说土耳其帽藤泽那帮人……

俊助想到这里不由得抬起头。雾霭蒙蒙的雨中，只见第八号教室古色苍然的大门，灰浆剥落的墙壁早已湿哒哒。大门的石阶上，形单影只地站着一位意想不到的年轻女子。

且不论雨势强弱，女子静静地仰望着昏暗的天空，像是在等雨停。额前松散的头发下那双水灵灵的大眼睛正注视着远方。那是与白色的毋宁说是苍白的肤色相称的双眼皮。和服是黑绸缎质地，溜肩上绣有几朵水仙花的披巾随意地搭在胸前。俊助的眼中只看到了这些。

俊助抬头时，女子那乌黑明亮的双眼已经从远处的天空出神地看向了他。当他们视线相遇时，女子的眼神似动非动般游离了片刻。刹那间，俊助察觉到女子长睫毛下摇曳着一种超越他自身经验的捉摸不定的感情。紧接着,女子举眼望向了对面讲堂屋顶上的雨势。俊助耸耸肩膀,对女子视而不见,冷漠地走了过去。此时,耳边第三次响起了震动云层的春雷。

五

被雨淋湿的俊助来到钵木的二楼一看,野村的面前已经摆上了咖啡,他正在无聊地看着窗外的大街。俊助将外套和学生帽递给服务员,径直来到野村的桌前,问候道"让你久等了吧",一屁股坐在了弯木椅子上。

"嗯。等你一会儿了。"

野村大腹便便,甚至给人行动迟缓的感觉。他用粗手指整了整大岛绸制成的衣领,透过细金属框的眼镜悠哉地看着俊助,问,

"要喝啥?咖啡还是红茶?"

"都可以。刚刚打雷了吧。"

"是的。好像是打雷了。"

"你还是那样悠然自得啊。又在绞尽脑汁地思考认识的根据在哪里这类问题吗？"

俊助点燃金嘴香烟，轻松地说完便盯着桌上的一盆黄水仙看。这时，刚才在学校遇到的女子的双眸不知为何瞬间浮现在脑海里。

"哪里。我刚和狗在玩耍呢。"野村像孩童般笑了起来，稍稍挪了下椅子，从桌布下拖出躺在脚下的黑狗。狗甩了甩长毛耳朵，打了一个大大的哈欠又趴了下去，煞有介事地嗅着俊助鞋子的气味。俊助一边鼻子出烟，一边心不在焉地摸了摸狗脑袋。

"前段时间，把栗原家的狗要来了。"

野村把服务员端来的咖啡推到俊助面前，接着用胖手指稍微整了整和服衣领，说，"最近他们全家都受托尔斯泰影响，便也给这家伙起了个气派的名字叫皮埃尔。比起这只，我其实想要那只叫安德烈的狗。我自身以皮埃尔自居，因此他们硬要送我皮埃尔。结果我就只好从命了。"

俊助一边喝着咖啡，一边不怀好意地微笑着，戏谑地瞥了野村一眼。

"好吧。皮埃尔我也满意了。皮埃尔回头还会和娜塔莎喜结良缘呢。"

说罢野村也略显狼狈，一时间脸色不均匀地发红，但他依旧不慌不忙地说道，

"我不是皮埃尔。当然也不是安德鲁——"

"你虽不是，但总之你承认初子小姐是娜塔莎吧。"

"那倒是。但多少有点接受不了她那无拘无束的性格。"

"你顺便都给接纳了嘛。话说最近初子小姐不是在写匹敌《战争与和平》的长篇小说吗？怎么样？就要完成了吧？"

俊助收起锋芒，将烟蒂扔进烟灰缸，挖苦地问道。

六

"其实，今天约你来就是为那长篇小说的事。"

野村摘下金属框眼镜，一丝不苟地用手帕擦拭镜

片上的雾气,

"初子说她无论如何都想写一部新的《女人的一生》,就像《托尔斯泰的一生》那样。女主人公命运多舛,结果——"

"然后呢?"

俊助把鼻子凑到黄水仙花前,兴致索然地问道。野村将细眼镜腿挂在耳后,依旧不紧不慢地说:

"最后在某家疯人院去世了。她还想顺带描写在疯人院的生活,可是不巧初子还没去过那种地方。所以,想托人介绍一家疯人院参观一下,哪儿都行。"

俊助又点燃一支烟,带有几分嘲讽地再次使了眼色,示意:"然后呢?"

"想请你帮忙向新田引荐一下。是叫新田吧?那个物质主义医学家。"

"是的。那我先写信问问对方是否方便。应该没什么问题。"

"是吗?你愿意帮我,太感激不尽了。初子也会非常高兴的。"

野村满意地眯起眼睛,正了正大岛锦绸的和服

领口，

"最近她痴迷于《女人的一生》的写作。逮着亲戚的女儿也总是净谈这个。"

俊助一言不发，口吐埃及卷烟①烟圈，看着窗外的大街。外面蒙蒙细雨，林荫大道上的细银杏树刚抽出新芽，树下几顶龟壳状洋伞来来往往。不知何故，这忽地又让他想起了不久前遇到的女子的眼睛。……

"你不去听《城》同人音乐会吗？"

沉默片刻后，野村突然想起来似的问道。此时，俊助意识到自己的内心有几分钟宛如白纸般空虚。他稍稍皱起眉头，一口气喝干了凉透的咖啡，然后又打起精神，说：

"我打算去。你呢？"

"我今早在郁文堂让大井帮忙托口信时，他硬是要我买，不得已买了四张一等票。"

"四张，你也是豁出去了呀。"

"没什么。反正让栗原买我三张就是了。喂！皮

---

① 以埃及产的烟叶为原料的卷烟。

225

埃尔!"

一直趴在俊助脚下的黑狗这时突然起身,盯着楼梯口狂吠起来。野村和俊助见状惊讶不已,隔着黄水仙花面面相觑,同时扭头看过去。只见戴着土耳其帽的藤泽和戴着呢子礼帽的大学生正把淋湿了的外套递给服务员。

七

一周后,俊助出席了在筑地精养轩举办的《城》同人音乐会。因为音乐会准备不够充分,到了举办时间六点还不见开演。会场的前厅大批的观众蜂拥而至,缭绕的卷烟烟雾让电灯光都变得模糊不清,其中还有一两名洋人教师。俊助矗立在装饰着大橡胶树盆栽的房间角落,并未迫切地等着开演,而是心不在焉地听着周围的谈话声。

就在这时,大井笃夫不知从哪儿出现了,他今天罕见地穿了制服,依旧傲然地走到俊助的身旁。二人微微点头致意。

"野村还没来吗？"

俊助问道。大井双臂交叉在胸前，挺着胸脯四处张望，说：

"好像还没来。没来才好呢。我也是被藤泽硬拽过来，已经干等了近一个小时了。"

俊助轻蔑地微笑着说：

"你还稀罕地穿个制服来。反正没啥好事会发生。"

"这身吗？这是藤泽的制服。他说：'你一定要找我借制服。这样我就有借口，找老爷子借晚礼服了。'于是，我迫不得已才穿这身，出席这场完全不想听的音乐会。"

大井口无遮拦地解释后，又环视了房间，逐一介绍了到场的知名作家和画家，告诉俊助站在那边的是谁、站在这边的是谁，还顺带津津乐道地把这些名家的丑闻说给他听：

"那个穿和服的，勾引一个律师的老婆，还把经过写成小说献给了那位律师，真是色胆包天。他旁边那个系波西米亚风领带的，比起写诗，染指女佣才是行家呢。……"

俊助本是对这些让人好奇的丑陋内幕冷漠无感的人，加之当时也想顾及这些艺术家的名声，于是他趁着大井喘气的间隙，打开门票换来的节目单，将话题转向了今晚演奏的曲目。

但是，好像大井对此毫无兴致，用指甲肆意地揪着橡树叶子，话锋又转向了社会生活的阴暗面：

"总之，那个叫清水昌一的男人，据藤泽所言，与其称之为独唱家，更应该叫他大色魔。"

这时，幸好响起了开演铃声，会场的门终于打开了。等得厌烦的听众像退潮般成群结队地涌向入口。俊助与大井一起顺着人潮渐渐地走到会场。途中，俊助无意间回头一看，不由得在心中"啊"地发出一声惊叹。

八

俊助在会场落座后，意识到自己还未完全从刚才的震惊中回过神来。他内心感受了从未有过的令人费解的动摇，无法辨别那是欢喜还是痛苦。他也产生了任凭自己内心动摇的欲望，同时又觉得此念不妥。于是，为了不再增加内心的动摇，他设法不让视线离开讲台。

金屏风环绕的讲台上，首先出现一位穿着礼服大衣的中年绅士。一边撩开耷拉在额前的头发，一边轻声细语地唱了首舒曼。那首歌以"Ich Kann's nicht fassen, nicht glauben"（不能理解，不敢相信）开头的沙米索①的诗为词。俊助从那矫揉造作的演唱中，禁不住觉得有一种可怕且不健康的香气扑鼻而来。他强烈地感到这气味让自己不踏实的内心更加焦虑。终于在独唱结束响起了热烈的掌声时，俊助略感宽慰，他抬起眼扭头看向邻座的大井，仿佛在求救。而大井此时将节目单卷成圆柱用作望远镜，窥视着讲台上正在鞠躬的舒曼独唱家，嘟囔道："确实，清水这个男人看面相就是个大色魔。"

俊助这才注意到那位中年绅士就是清水昌一。于是，再次看向讲台，这次一位穿着印花下摆裙子的年

---

① 阿德尔贝特·冯·沙米克（1781—1838），德国诗人、植物学家，浪漫派最具代表性的抒情诗人之一。

轻女子，在热烈的喝彩声中，抱着小提琴款款登台。她像洋娃娃一样可爱，不过令人遗憾的是，她只是在毫无差错地拨动琴弦。不过，俊助庆幸不用受到清水昌一演唱的舒曼的甜蜜刺激的威胁，可以尽情地沉浸在柴可夫斯基的神秘世界中。一旁的大井却显得很无聊，他后脑勺靠在椅背上，不时地肆无忌惮地发出哼哼的鼻音。不久，他忽然记起来似的问道：

"喂。你知道吗？野村来了。"

"我知道。"

俊助小声地回答，而视线依旧盯着金屏风前的年轻女子。大井觉得他的回答太过简单，于是露出不怀好意的笑容，强调道：

"而且还带了两位大美人。"

俊助没有回应。他更加热心地倾听讲台上传来的小提琴安静的音色。

紧接着，钢琴独奏和四部合唱结束后，是三十分钟的休息时间。俊助丢下大井，从椅子上站起魁梧的身躯，来到装饰有橡胶树盆栽的前厅寻找野村一行人。留在座位上的大井依旧傲然地交叉双臂，疲惫地耷拉着脑袋，惬意地发出轻微的鼾声，浑然不知演奏已经结束了。

九

俊助来到隔壁房间，只见野村和栗原家的女儿并排站在巨大的暖炉前。初子脸色红润，眉眼间活力四射，身材看上去比实际年纪要娇小。她看见俊助，远远地就露出酒窝，爽快地鞠躬致意。野村也将穿着铜纽扣制服的宽阔胸膛转向俊助，戴着高度近视眼镜，洋溢着温柔的微笑，大大方方地颔首致意"你好"。俊助看到背对暖炉、系着印花布腰带的初子与包裹着学生制服、身材高大的野村相向而立，刹那间甚至有点嫉妒他们的幸福。

"今晚我们来得太迟了。都怪我们梳妆打扮浪费了时间。"

和俊助三言两语闲聊之后，野村手扶大理石壁炉台，开玩笑地这么说道。

"哎哟！我们哪有浪费时间？是野村你出门晚了吧？"

初子故意皱起浓眉，娇媚地抬头看了一眼野村，随后立即将视线投向俊助：

"上次我提出了一个奇怪的请求。没给您添麻烦吧？"

"哪里。不用客气。"

俊助对着初子轻轻点头，而后一副只和野村攀谈的态度，说：

"昨天新田给我回话了。一、三、五的话随时可以奉陪，所以近期你们时间方便的时候就去参观吧。"

"是吗？太感谢了。初子，什么时候去呢？"

"随时都可以。我反正没什么事。野村，根据你的时间定吧。"

"我来定？你是说让我陪你去？这可有点——"

野村大手摸了摸平头，一脸为难的样子。于是，初子眼睛含笑，却别扭地说道：

"我也没见过那位新田先生呀。所以，不能光我俩去。"

"没事。拿着安田的名片去，对方就会好生接待你们。"

二人就这样你一句我一句时，突然一位身穿晓星学校制服的十岁左右的少年，穿过人群朝气蓬勃地朝着这边走过来。他看到俊助立刻直立不动，殷切地行了一个举手礼。这边三人忍不住笑了出来。其中笑声最大的就是野村了。

"你好！今晚民雄你也来了呀。"

俊助双手按着少年的肩膀，戏弄似的窥视着他。

"啊，我和大家一起坐汽车来的。安田，你呢？"

"我坐电车来的。"

"真抠门呀。居然坐电车。回去要和我们一起搭汽车吗？"

"好，带我一个。"

谈话间，俊助一直注视着少年的面孔，而且意识到有个人紧跟在民雄身后走近他们。

十

　　俊助抬眼一看，果真初子身旁站着一位年龄相仿的年轻女子。她穿着藏青底蓝色竖条纹和服，紧束着芦手①花纹腰带，端庄高挑，亭亭玉立。她比初子身材高大。其五官，尤其那招人喜爱的双眼皮远比初子孤寂。双眼皮下，双目泛着近乎忧郁的湿润光泽。刚才进入会场蓦然回首之际，让俊助内心雀跃的，其实就是这双若有所思、水灵灵的目光。他现在和这双美瞳的主人相向而立，近在咫尺，禁不住再次体会到方才内心的动摇。

　　"辰子，你还不知道安田吧。这位是辰子，毕业于京都女校，最近终于学会东京腔了。"

　　初子大大方方地向俊助介绍了辰子。梳着束发的辰子苍白的脸颊上泛起了红晕，端庄地颔首致意。俊助放开民雄的肩膀，初次见面，郑重地行礼问候。所幸无人注意到他那浅黑色的双颊早已变得火红。

---

① 模仿芦苇以及鸟、岩石等将文字进行绘画式草体书写的书法，流行于日本平安时代。

这时，野村从旁插话。他今晚似乎格外愉快："辰子是初子的表妹。这次打算考美术学校，于是来到东京。然而，初子每天都和她说那本小说，影响颇深。因此，最近健康状况出了点问题。"

"哎呀！你好过分。"

初子与辰子异口同声说道。不过，辰子的声音被初子的声音盖过，小到几乎听不见。然而，俊助觉得，初次听到的辰子的声音中潜藏着与她温柔的性情背道而驰的东西。这让他把握十足。

"绘画——也是画西洋画吗？"

俊助从对方的声音中获得了勇气，趁初子和野村相视而笑时，这样追问。辰子低头看着翡翠带扣，出乎意料地干脆应道："是的。"

"她画得相当好，绝对与初子的小说不相上下。所以，辰子，我教你一招。以后如果初子要谈她的小说，你也积极地谈论绘画。要不这么做，你身体吃不消。"

俊助听罢只是对野村笑了笑。然后再次向辰子搭话：

"你身体真的不怎么好吗？"

"是的。心脏有点儿——并没有什么大碍。"

这时，一直一脸无聊地观望着一行人的民雄，使劲地拉着俊助的手，说：

"辰子吧，爬那边的台阶都喘不上气。我一口气可以一步两个台阶地跳上去呢。"

俊助与辰子相对而视，终于会心一笑。

十一

辰子苍白的面颊上挂着酒窝，恬静地将视线从民雄转向初子：

"民雄，你真棒。你刚才还想骑在栏杆上滑下去吧。我大吃一惊，说要是掉下去摔死了怎么办？对吧？民雄。当时你说我还没死过，不知道怎么办。可把我逗乐了——"

"的确。这话说得相当具有哲理。"

野村又笑了起来，声音比谁都大。

"哎！小家伙就是神气十足。所以姐姐常说，民雄就是个笨蛋。"

房间里被炉火烤得热烘烘的，初子愈发红光满面，她故意瞪了民雄一眼，予以责备。而民雄仍然抓着俊助的手，说：

"不，我才不是笨蛋呢！"

"那，你是机灵鬼？"

这次俊助也插话了。

"不，也不是机灵。"

"那是什么？"

民雄抬头看着这么发问的野村，眉眼间闪现出近乎滑稽的严肃表情，一语道破：

"大智若愚。"

四个人不约而同地失声大笑。

"大智若愚好呀。大人要是能这么想，肯定能幸福一辈子。像初子，或许最应该牢记心中。辰子倒是没必要。"

笑声停下来后，野村在宽阔的胸口交叉双臂，比对着两位年轻的女子。

"有什么尽管说。今晚野村净是欺负我。"

"那我呢？"俊助问道。

"你也不行。你也做不到以大智若愚自居。不，不仅是你。近代人都不满足于做个大智若愚的人。于是，自然都成了利己主义者。所谓的利己，不是只让他人不幸，甚至也会让自己变得不幸，所以必须警惕。"

"那你自己是大智若愚派吗？"

"当然。如若不是，我怎会如此泰然自若？"

俊助用怜悯的眼神瞄了野村一眼：

"但是，利己主义既让自己不幸，也让他人不幸，对吧！如此说来，若是世间都是利己主义者，即便是大智若愚，也会感到不安吧。所以为了和你一样处之泰然，必须比大智若愚派更加信任非利己主义的世道，或者先得信任你这非利己主义者的周围环境。"

"那当然是信任的。不过，即便你信任了——打住。你难道谁都不依赖吗？"

俊助一脸冷笑，没说信任也没说不信任。他意识到初子与辰子的目光都好奇地注视着自己。

十二

音乐会结束后,俊助最终被大井和藤泽挽留,应邀参加了《城》同人的茶话会。他当然不愿意,但又对藤泽以外的同人多少有点好奇。俊助思量着,况且对方也赠与自己门票,应该礼尚往来,若是断然拒绝就让对方失了脸面。于是,他无奈地跟在大井和藤泽身后,来到前厅旁边的小房间。

进屋一看,已经有四五个大学生和身穿礼服的清水昌一围坐在小桌子旁。藤泽逐一向俊助引见了这班人。其中,德语系学生近藤和法语系学生花房引起了俊助的特别注意。近藤比大井还要矮小,戴着很大的夹鼻眼镜,拥有《城》同人中"第一绘画通"的名号,曾在《帝国文学》杂志上发表过有关文展[①]的大胆评论。自然,至少他的名字给俊助留下了印象。花房就是前几天与藤泽一起去过钵木的那个戴着黑色软礼帽的青年。他不仅精通英法德意四国语言,还会希腊语和拉

---

① 日本文部省1907年设置的美术展览会的简称。

丁语，是个语言天才。常常可以看到署名Hanabusa[①]的英、法、德、意、希腊、拉丁语的书籍陈列在本乡大街的旧书店里，因此俊助对他的名字早有耳闻。与这二人相比，《城》其他的同人意外地缺乏特色，但大家都如出一辙，衣冠楚楚，胸口别着一朵红玫瑰假花。俊助坐在近藤身旁，看到夹在这群时髦家伙中举止野蛮的大井笃夫，不由得感到滑稽可笑。

"承蒙您赏脸，今晚真是空前盛况啊！"

穿着晚礼服的藤泽用女人般柔软轻细的声音先向独唱家清水致谢。

"哪里。我最近总觉得嗓子疼，所以——话说回来，《城》的销量如何？已经收支平衡了吧？"

"没有，要是能达到收支平衡那就心满意足了。反正我们写的东西，不可能卖得好。因为现在这世道除了人道主义和自然主义，就再没有其他所谓的艺术了。"

"是吗？不过，也不会一直都是这风气吧。不久

---

① 罗马字，为花房二字的日语发音。

的将来，你的《波德莱尔诗抄》就会像长了翅膀似的一路畅销。"

清水说着显见的奉承话，接过服务员端来的红茶，转向邻座的花房，说：

"我拜读了你最近发表的小说，相当有趣。素材取自何处？"

"那个吗？取自《盖斯特·罗马诺尔姆》。"

"哦？《盖斯特·罗马诺尔姆》啊。"

清水神色诧异，随口敷衍道。这时，一直用刀豆状烟管抽着烟味烟丝的大井，在桌子上托着腮，肆无忌惮地丢出一句：

"干啥的？那个叫盖斯特·罗马诺尔姆的家伙。"

十三

"是一本收集中世纪传说的书，讲的是十四五世纪之间发生的故事。不管怎么说，原文是晦涩难懂的拉丁语——"

"你也看不懂吗?"

"这个嘛,勉勉强强吧。有很多可供参考的译文。据说乔叟和莎士比亚也从中取材了。所以,不能小看这本《盖斯特·罗马诺尔姆》。"

"那就是说,至少在取材方面,你可以比肩乔叟和莎士比亚吗?"

俊助听着他们的问答,忽然发现一件怪事,那就是花房的声音与态度几乎与藤泽一模一样。要是有离魂病的话,花房简直就是藤泽的幽灵。至于哪个是真身,哪个是灵魂,这个关键的信息,俊助还无从辨别。因此,他在听花房谈话间,忍不住偷瞄不时地整理胸口人造红玫瑰的藤泽。

这时,藤泽用刺绣镶边的手帕擦了擦喝过红茶的嘴角,又对着邻座的独唱家,说:

"这个四月,《城》也要出特别号。到时要劳烦近藤,张罗下展览会。"

"这是个好主意!不过,展览会是什么内容呢?还是只展出诸位的作品?"

"是的。计划陈列近藤的木版画、花房和我的油画、西洋画的照片。不过，到时警视厅又要严格下令命我们撤掉裸体画了。"

"我的木版画没关系。你和花房的油画危险，特别是你的作品《歌麻吕的黄昏》。你看过那幅画吗？"

说完，戴着夹鼻眼镜的近藤口吐大烟雾，斜眼瞪了俊助。还没等俊助回答，桌子对面的藤泽插话说：

"那幅画，你是还没看过，最近打算抽空请你鉴赏的。安田你看过画本《歌枕》吗？没看过？我的《歌麻吕的黄昏》就是其中的一幅装饰画。既不是莫里斯·丹尼斯[①]，也不是——"

近藤闭上双眼沉思片刻，正要庄重地开口时，大井又从旁边插嘴，叼着刀豆状烟管，胡说八道：

"也就是说，你就是画春画之类的吧！"

不过意外的是藤泽好像并未感到不快，依旧露出瘆人的温柔微笑，满不在乎地赞成大井的意见，说："是的。或许这么说最直截了当。"

---

① Maurice Denis（1870—1943），法国画家、插画家。

十四

"原来如此。那倒挺有趣的。话说回来,怎么样?春画这玩意儿,还是西洋技高一筹吗?"

清水刚问完,近藤就不慌不忙地磕掉大烟斗的烟灰,用诵读《礼记·大学》的腔调,开始缓慢地讲解起西洋的此类画作:

"虽统一称作春画,大致可以分为三类。第一类是画××××的作品;第二类是只画那前后的作品;第三类是只画××××的作品。——"

对于此类话题,俊助当然不是会感到义愤填膺的道德家。事实上,对于近藤美的伪善——给自己下流的趣味贴上艺术金箔的行为,俊助感到不愉快。因此,当近藤得意地用不正经的口吻鼓吹艺术的真谛就是此类画作时,即便碍于情面,俊助还是在烟雾中眉头紧锁。然而,近藤对此毫无察觉,上到古希腊的陶画下到近代法国的石版画,逐一详尽地说明了这类画作所有的形式。

"有趣的是，看似正经的伦勃朗①和丢勒②都画过此类画。而且，伦勃朗的画中，其伦勃朗光线直接照在一个部位，不觉得有点别具一格吗？也就是说，那种天才也有十分庸俗的一面，竟会画这种题材。哎。这点倒和我们不相上下。"

俊助终于听不下去了。这时，一直在桌子上托着腮，半闭着眼睛的大井露出轻蔑的冷笑，憋回一个哈欠，说道：

"喂！你顺便考证一下伦勃朗和丢勒都会像我们一样放屁？"

近藤透过大夹鼻眼镜狠狠地瞪了大井一眼。大井依旧满不在乎，一口接一口地抽着烟斗：

"或者说百尺竿头更进一步，都是放屁，所以你也是与他们不分伯仲的天才，这岂不更有趣？"

"大井，你别说了！"

"大井，说够了吧！"

---

① 伦勃朗（1606—1669），荷兰画家、版画家。
② 丢勒（1471—1528），德国文艺复兴时最有名的画家、版画家、素描家、美术理论家。

花房与藤泽好像看不下去了，同时轻声细语地说道。此时，大井用狡猾的目光目不转睛地看着脸色苍白的近藤：

"哎呀，失敬了。我可不是有意惹你生气的。不，非但没有，我早就对你的博学多识佩服得五体投地。所以，请你息怒。"

近藤固执地缄口不语，盯着桌上的红茶杯，在大井话音刚落时，突然起身大步走出房间，留下目瞪口呆的一众人。在座的人四目相对，尴尬地沉默了许久。而后，俊助朝着假装若无其事的大井微微扬了扬下巴示意后，面带微笑安静地说道：

"我先告辞了。"

这是当晚他说的第一句也是最后一句话。

十五

时隔不到一周，俊助在开往上野的电车上邂逅了辰子。

那是早春的东京常见的，微风拂面、尘土飞扬的下午。俊助从大学去银座的八咫屋定做画框，回程在尾张町的街角坐上电车时，发现了坐在满员电车中辰子的孤独的面庞。俊助站在车厢门口时，辰子依旧披着那条黑丝绸披肩，质朴的眼神正注视着膝盖上打开的妇女杂志。当她蓦然抬头看到抓着吊环站在不远处的俊助时，立刻露出一个小酒窝，坐在位子上恭敬地颔首致意。俊助在答礼之前，拨开拥挤的乘客，挤到辰子的面前抓住吊环，简单地问候：

"那晚真是多谢了。"

"该我谢谢你——"

而后二人便沉默不语。电车窗外，只见一阵风刮过后，大街便是漫天灰尘。银座大街两侧的建筑凸显在尘埃中，势如坍塌飞速地后退。俊助低头俯视了端坐在窗前的辰子片刻，渐渐地觉得这种沉默变得痛苦，于是故作轻松地再次搭话：

"今天这是？——回家吗？"

"我去趟哥哥家，老家的哥哥来了。"

"学校呢？请假了吗？"

"还没开学呢。下个月五号开学。"

俊助开始觉得两人的隔阂逐渐消散，变得不再生分。这时，广告鲜红的旗帜在风中飘扬，喇叭声与大鼓声瞬间从窗外传了进来。辰子松了松肩膀，安静地扭头看向窗外。俊助看到辰子透过斜射进来的阳光呈现红色半透明的小小耳垂，觉得美极了。

"上次，听完音乐会后径直回家了吗？"

辰子看了俊助一眼，亲切地问道。

"是的。大概一个小时后回家了。"

"您是住在本乡吗？"

"是的，森川町。"

俊助从制服口袋里掏出一张名片递给辰子。辰子接过名片时，俊助注意到她修长的小指上戴了一枚镶着蓝宝石的金戒指。俊助又觉得美极了：

"就在大学正门对面的小巷子里。有空请来坐坐。"

"谢谢。有空和初子一起去。"

辰子将名片塞进和服腰带，她的声音小到几乎听不见。

二人又闭口不言，大街上的喧嚣声不绝于耳，既像电车声又像风声。不过，再次的沉默没有令俊助感到难受。相反，他从中明显地感受到了一种安稳的幸福。

十六

俊助寄宿在本乡森川町，是个比较幽静的地段。那是京桥附近一家酒商的闲居，托门路只租到了二楼，房屋的榻榻米与门窗隔扇等要远比一般的寄宿地整洁。他自行安置了一张大书桌和安乐椅，令房间看上去有些憋屈。总之，俊助将这里布置成了一间舒适的西式书斋。不过提及点缀书斋的色彩，只有书架上堆得满满当当的西洋书，墙上挂着的也都是些常见的凸版西洋名画的照片。俊助对此总是不满，于是经常买些花草盆景装饰在屋子中央的拼木餐桌上。实际上今天桌上的藤条花篮里摆放着一盆樱草，几根细长的根茎顶端盛开着几簇浅红的花朵……

俊助在须田町换乘时与辰子分别，一个小时后坐在这里二楼窗边的书桌前的转椅上，漫不经心地抽着金嘴香烟。面前放着正在读的书，从刚才开始一直停留在夹着象牙裁纸刀的那页。此刻，他没有耐心去琢磨满页文字背后的思想。他脑海中，辰子美丽的身姿就像缭绕的青烟挥之不去。他心中的幻象，好似先前在电车中体验到的幸福感的余波，同时，又像是即将到来的加倍幸福感的前兆。

桌上烟灰缸里多了两三根烟头。这时，传来吃力的爬楼梯声，而后像是有人站在拉门外。

"喂！在吗？"是熟悉的粗嗓门。

"进来吧。"

俊助话音刚落，哗啦一声拉门开了，放着樱草盆栽的拼木餐桌对面，肥胖的野村晃着肩膀慢吞吞地走了进来：

"好安静。我在门口问了好几声'有没有人'，没一个女佣出来通报，所以我只好自己上来了。"

初次到这的野村仔细地察看了屋内，然后大屁股稳稳地坐在俊助示意的安乐椅上。

"女佣大概又外出办事了。房东耳聋，就你那样喊几声，肯定听不到。你这是从学校回去的路上吗？"

俊助拿出西式茶具放在餐桌上，瞄了一眼穿制服的野村。

"不，今天我待会儿打算回老家，后天刚好是老爷子的三回忌。"

"那真够辛苦的。你老家，光是赶回去就不容易。"

"哪里！我早就习惯了，小菜一碟。不过，乡下的忌辰之类的仪式倒是——"野村先是一筹莫展似的皱起近视眼镜后的眉头，又立刻转换心情，说，

"话说回来，我今天到这儿是有一事相求。——"

十七

"有什么事？这么客气。"

俊助将一杯红茶端到野村跟前，自己也坐到餐桌前，充满好奇地注视着对方。

"哪里客气了？"

野村反而有点惶恐，摸了摸平头说道，

"其实，上次提到的参观疯人院的事怎么样？能

请你代我陪初子去吗？我今天这一走，怎么也得一个星期才能回。"

"那可不行。就算需要一周，你回来后再带她去不就行了。"

"但是，初子说想尽早去。"

野村一脸为难的样子，眼睛依次扫过挂在墙上的凸版画照片，当看到达·芬奇的《丽达与天鹅》时，意外地脱口而出，

"哟！这画，你不觉得像辰子吗？"

"是吗？我不觉得像。"

俊助回答时，自知明显在说谎。这种自知虽然令他不愉快，但事实上又潜藏着正在小小冒险的快感。

"像，像！要是辰子再胖些，就一模一样了。"

野村戴着眼镜抬头凝望了《丽达与天鹅》片刻。随后，他又看向樱草盆栽，深呼吸一口，说，

"如何？看在多年朋友的分上，答应我吧。我以为你会帮我，已经写信通知初子了。"

"那是你自作主张。"俊助话到嘴边，脑海里刹那间清晰地浮现出俯首端坐的辰子身影。野村仿佛看

出他的心思，拍了拍安乐椅的扶手说：

"要是初子一人，你为难也可以理解。辰子应该也会——不，她说一定要去。那你就没啥顾虑的了。"

俊助端着红茶，思考良久。是在思考去与不去，还是在思考合适的理由以便接受已拒的委托，俊助自身也不清楚。

"那我去吧。"

他耻于过度势利的自己。说完，他又赶紧补充道，

"这样也能见到久违的新田了。"

"哎呀！那我就放心了。"

野村总算松了口气，解开两三颗胸口的纽扣，然后端起红茶送到嘴边。

十八

"日期嘛。"

俊助的眼神仍然停留在手中的红茶上，

"下周三——定在下午。你要是不方便，可以换

成周一或周五。"

"没事。周三我刚好也没有课。那么——是我去找栗原吗？"

野村注意到了俊助犹豫的神色：

"不，让她来找你吧。她来顺路。"

俊助默默地点点头，点燃了搁置许久的埃及卷烟。然后轻松自在地靠在椅背上，话锋一转，问道：

"你已经开始写毕业论文了吗？"

"书倒是陆陆续续在看。什么时候能理清思路，我自己也说不上来，特别是最近琐事繁多——"

说到这里，野村又露出怕被嘲笑的神色。而俊助格外认真地问：

"繁多——具体是指？"

"我还没和你提过吧。我母亲现在住老家，但她说等我大学毕业，要过来一起住。这样一来，老家的田地之类的都要安置好。所以，我打算这次趁着给老爷子做忌辰，顺带把这些事办妥。提到这些事，不可能像读完一本哲学史那么简单。真头疼！"

"那确实。特别是你这种性格的人——"

在东京的高中，俊助与野村是同桌，因此有很多机会听他讲起各种家长里短。野村家是四国岛南部有名的名门望族。自从他的父亲与政党有牵连后，多少有些家运不济，但仍是当地首屈一指的财主。初子的父亲栗原是其母亲同父异母的弟弟，作为政治家爬到今天这个位置，多亏了野村父亲的多方关照。野村的父亲过世后，不知从哪儿冒出个自称是庶出的女子，当时甚至还打起了麻烦的官司。俊助了解这些内情，大致能想象到，野村这次必须回乡的背后，缠绕着错综复杂的问题。

"当下还不至于有施莱尔马赫的哲学那么棘手。"

"施莱尔马赫？"

"我的毕业论文。"

野村无精打采地回答后，有气无力地耷拉着平头，望着自己的手脚。不一会儿又打起精神，扣上胸前的纽扣，说，

"我得出发了。那，参观疯人院的事，就麻烦你多费心了。"

十九

虽然野村谢绝，但俊助执意要为他送行。他戴上鸭舌帽，穿上长披风，两人一起离开了森川町的住所。幸而已经不刮风了，大街上春寒料峭的夕阳余晖洒在沥青马路上。

两人坐电车来到中央车站。野村将手提包交给行李搬运工，走进亮起电灯的二等候车室。墙上挂钟的指针距离发车时刻还有很远的距离。俊助站着，轻轻用下巴指了指挂钟：

"怎么样？吃完晚饭再走？"

"行啊。这主意不错。"

野村从制服口袋掏出手表，与墙上的挂钟比对了下，

"那你在对面等我。我先去买票。"

俊助独自来到候车室旁边的食堂，里面几乎坐满了。即便如此，他依旧站在入口，眼神飘忽不定地看来看去。一名反应敏捷的服务员立马告诉他，身旁的

桌子还有空位。不过，那张桌子，已面对面坐着一对实业家模样的夫妇在用餐了。他想按照西方礼节回避，奈何又没有其他空位，只得跟了过去。当然，那对夫妻毫不介意，隔着一株樱花插话，不停地用大阪方言交头接耳。

俊助点餐后，服务员离开。不久，野村抓着几页晚报匆匆走进来，在俊助招呼几声后，才终于找到对方。他好像没看到邻座的夫妻似的，随意地拉开一把椅子坐下：

"我刚才买票，看见一个很像大井的人。难道是他吗？"

"大井未必不会来车站呀。"

"不，好像还带着一个女人。"

这时，汤端上了桌子。两人没有再提大井了，谈起了春意渐浓的旅行话题，岚山的樱花花期还早啦，濑户内海的汽船有趣啦。于是，在等上菜的间隙，野村像是突然想起来似的说道：

"我刚才打电话给初子交代好了。"

"那今天谁都不来送你吗？"

"谁会来呢？为何这么问？"

被问起为什么，俊助也不知如何作答。

"今早给栗原写信之前，我没提过要回乡。刚电话中说信没一会儿已经送到了。"

野村仿佛为没有来送行的初子辩解。

"是吗？怪不得今天遇到辰子，没听她提起这事。"

"你遇见辰子了？什么时候？"

"午后在电车上。"

俊助说完，心里思索着为何刚才在住所谈到辰子时，自己没有提起这件事。不过，究竟是出于偶然还是故意为之，俊助自身也无从判断。

二十

站台上，送行的人影成群结队。人头攒动中，亮着电灯的火车车窗，一扇一扇被拉开。野村也探出头，不放心似的叮嘱了站台上的俊助几句。他俩都被周围人群的情绪所感染，百感交集，既盼望发车又害怕发车。

尤其是二人交谈中断后,俊助几乎用充满敌意的眼神左顾右盼,急不可待地跺着木屐发出声响。

终于发车的铃声响了。

"那,你走好。"俊助抬了抬鸭舌帽。

"再见!那件事就拜托你了。"野村一反常态,郑重地回答。

火车立刻开动了。俊助并不觉得感伤,因此并未在站台上目送渐行渐远的野村。他扶正鸭舌帽,毫无留恋地混迹在周围的人群中,朝出站口的石阶走去。

就在这时,忽然从他面前驶过的火车车窗映入眼帘。意想不到的是,大井笃夫穿着斗篷,胳膊肘靠在窗框上挥舞着手帕。俊助不由得停下脚步。同时想起野村刚说过看到了大井。但是,大井好像没有注意到俊助,眼看着他与车窗一起渐行渐远,却还在不停地挥动着手帕。俊助不知所措,只得呆然而立,目送火车远去。

从惊讶中回过神的俊助,此时忙着寻找大井挥动手帕的目标。他耸起肩膀,在一哄而散的送行人群中四处搜寻。当然,他脑海里还回荡着野村的那句"带着女伴"。不过，不管怎么搜寻，都没有发现疑似的女人，又或者说，疑似的女人总是混杂在人群中。因此，哪个是真正的目标，更加分辨不出了。他最终放弃寻找了。

出了中央车站，仰望丸之内区开阔的星月夜时，俊助还未完全从刚才不可思议的心情中恢复。比起大井同乘那辆列车，他在车窗挥动手帕更让俊助感到近乎滑稽的矛盾。公认为人阴险的大井笃夫，为何要做出那样的举动呢？或许他品性差是伪装的，其实是个为人老实的感伤主义者。俊助游走于种种揣测中，沿着新建的大马路一路走到护城河边，然后上了电车。

但是，第二天在大学里，俊助在纯文科必修的哲学概论课上，又意外地与本应昨晚坐上七点普快的大井打了照面。

二十一

那日，俊助上课比平时去得稍迟，只能坐在围绕讲台的最后排的位子上。斜对面靠前两三排的稍低的位子上，一位熟悉的穿着黑色棉和服的身影，一本正经地托着腮。俊助感到诧异，心想难道昨晚在中央车站看到的不是大井笃夫吗？不，肯定是他，俊助立刻又回想一次。此时，比起看到大井挥舞手帕时，俊助更加觉得莫名其妙。

不久，大井不知为何突然回头看了俊助，依旧一副桀骜不驯的样子。俊助对他理所当然的表情感到稀奇，使了个眼神打招呼。大井也隔着穿着和服的肩膀点了点下巴回礼，然后顺势转过去与邻座的穿制服的同学说起话来。俊助突然特别想确认一下昨晚的事，但为这事特意离席既麻烦又荒唐。于是，他借着给钢笔吸水，稍稍欠了欠身。这时，担任哲学概论课的著名的L教授，腋下夹着小黑包慢吞吞地走进教室。

L教授与其说是哲学家，更具有实业家的风采。那天，他穿着时髦的茶色西服，手戴金戒指从包里取出讲稿等举止，比起讲台，他似乎更适合站在办公桌后。讲义从棘手的康德哲学中的范畴论开始，与教授的风采毫无关联。比起英语专业课，俊助反而更热衷上哲学与美学课。大概两个小时的课，俊助挥动钢笔专注且熟练地做着笔记。即便如此，每当他从间隙中抬头看到托着腮几乎不动笔头的大井背影时，不禁觉得昨晚以来的奇妙心情如雾霭般游走于康德与大井之间。

不久，下课了。满教室的学生蜂拥而出，俊助站在入口的石阶上，与后出来的大井会合。大井依旧懒散地双手插在怀里，笔记本露在外面。看到俊助立刻扑哧笑了出来，反倒一顿冷嘲热讽：

"怎么样？那晚的美女们都还好吗？"

大批的学生经过他们身边，从狭窄的入口络绎不绝地走向两侧的石阶。俊助露出苦笑，没有作声，迅速地走下石阶。当走到抽出新芽的榉树下时，才回过头去，朝着大井试探性地问了一句：

"你没发现吗？昨晚我在东京站看到你了。"

二十二

"啊？在东京站？"

大井没有狼狈不堪，倒是一副不知如何决断的神情。他狡猾地瞄了俊助一眼。不过被俊助冷眼挡回去后，忽然大方地坦白：

"是吗？我完全没注意到你。"

"还有美女给你送行吧？"

俊助乘势追击继续套话。大井倒是很冷静，冷冷一笑：

"美女吗？那是我的——哎，不说了。"他欲言又止，让人浮想联翩。

"你到底去哪儿了？"

俊助对于大井"那是我的——"的搪塞一筹莫展，干脆舍弃了策略，从正面直接追问。

"我去国府津了。"

"然后呢？"

"然后很快就回来了。"

"为什么？"

"哪有为什么？反正有正经事嘛。"

这时香甜的丁香花香扑鼻而来。二人几乎同时抬头一看，发现不知不觉已经走到了狄更斯铜像前。在环绕铜像的草坪上,淡紫色的丁香花正沐浴着明媚的春光簇拥盛开。

"所以嘛,我就是在问你是什么正经事。"

大井愉快地放声大笑:

"你真是八卦。我都说是正经事了,总之就是正经事。"

不过,俊助这次可不打算让他轻易搪塞过去:

"就算有正经事,只是去趟国府津的话,也用不着挥舞手帕吧?"

果然大井听罢瞬间一脸惶恐。然而,他依旧处之傲然:

"那么做也有其他的正经理由。"

俊助见状打算乘胜追击,进一步恶意追问,调戏对方。可大井早已感到形势不妙,当来到通往大门口的银杏林荫树下时,说道:

"你去哪里?回家吗?那就此分别了。我要去趟图书馆。"他巧妙地甩掉了俊助,快步地向对面走去。

俊助目送他的背影,不由得苦笑。他无心追上前去让对方坦白,于是走出校门,径直来到与学校隔着有轨电车大街的郁文堂书店。他刚进店，一位站在昏暗的店内深处正在寻找旧书的大学生安静地朝他转过身来，亲切地招呼道：

"安田，好久不见。"

二十三

店内光线不足，总是昏暗如日暮，却能一眼认出戴着大红土耳其帽的藤泽。俊助脱帽答礼，不禁觉得周围满是尘埃的旧书与对方花哨的着装形成奇妙的反差。

藤泽一只纤细的手搭在《大英百科全书》的书架上，满脸洋溢着娇媚的笑容：

"每天都与大井见面吗？"

"是的。刚才还一起听课。"

"我自那晚以来，一次都没见到。——"

俊助猜想，近藤与大井之间的争执因为都是《城》的同人，所以藤泽应该也被卷入其中。不过，藤泽似

乎想要避免被这么误解,更加轻声细语地说:

"我去他住处找过他两三次,但不巧每次都没人在。毕竟大井是有名的唐璜,或许因此才没空吧。"

进入大学才认识大井的俊助,至今从未想过,身着黑棉布和服的大井竟如此有女人缘。因此,他不由得大吃一惊,问道:

"啊?他也是个花花公子吗?"

"哎!是不是花花公子——总之,女人经常为他神魂颠倒。在这方面,他自高中时就一直是我们的前辈。"

那瞬间,俊助的脑海里清晰地浮现出昨晚在车窗边挥舞手帕的大井。同时,又觉得藤泽对大井抱有敌意,故而随口恶语中伤?只见藤泽随即歪着脑袋,送来谄媚的微笑:

"听说他最近和一家餐厅的服务员打得火热。真让人羡慕不已啊!"

听藤泽这么一说,俊助倒觉得他在为大井的名誉辩护。同时,愈发感到脑海中大井挥舞的手帕散发出浓烈的年轻女子的气息。

"那可真是忙得不可开交啊！"

"当然是不可开交。所以理所当然没有闲工夫见我这种人。况且我找他是为了收精养轩音乐会的票钱。"

藤泽边说边拿起手边账台上纸皮封面的旧书随意翻看。随后立刻让俊助看封面，

"这也是花房卖掉的书。"

俊助意识到自己自然地笑了起来：

"是梵文书吧？"

"是的，好像是《摩诃婆罗多》。"

二十四

"安田，来客人了。"

女佣通报时，已经换好制服的俊助含糊地应了一声。随后故作精神抖擞，吱呀吱呀踩着楼梯下楼了。一看，梳着中分发型、拿着长柄紫色太阳伞的初子背光站在门口的木格门前，比平时更加容光焕发。俊助站在门槛上，觉得她光彩照人。

"你一个人？"他问道。

"不，辰子也来了。"

初子斜着身子，透过木格门向外看。门外是不足两米的黄岗岩铺路石，再往外是非常老旧的院门。俊助顺着初子的视线看过去，发现开着的院门外站着一人，身穿眼熟的藏青底蓝色竖纹和服，在阳光中摆弄着袖兜。

"要不要上楼喝杯茶再走？"

"谢谢，但是——"

初子嫣然一笑，又看了一眼木格门外。

"好吧。那我马上陪你们去。"

"总是给你添麻烦。"

"什么话，反正我今天有空。"

俊助麻利地穿好皮鞋，将外套搭在胳膊上，随手抓起学生帽，跟着初子钻出院门。

辰子与初子一样拿着紫色太阳伞，看到俊助后一双玉手并在膝前，彬彬有礼地点头默默行礼。俊助近乎冷淡地颔首答礼，却担心这样是否给辰子留下不愉快的印象；同时又在想，自己违背内心的行为在初子眼里是否依旧还有亲切感。不过，初子并未在意二人的交流，斜着撑开紫色太阳伞：

"电车在哪儿？在正门前上车？"

"是的。那里近些。"

三人走在狭窄的街上。

"辰子说她今天无论如何都不来。"

俊助用眼神回道"是吗？"看了看身旁的辰子。辰子略施粉黛的脸上浅浅地映着紫色太阳伞的影子：

"那是因为去疯子待的地方，我觉得很可怕。"

"我不怕。"

初子转着伞柄，说，

"有时我还想变成疯子呢。"

"哎！你真奇怪。为什么？"

"我觉得那样的话，比起现在，应该会有更多丰富多彩、与众不同的经历。你不认为吗？"

"我吗？没有与众不同的经历也挺好。现在这样就足够了。"

二十五

新田先带三位客人来到医院的会客室。房间内装饰着那类建筑少见的窗帘、地毯、钢琴和油画等,但并未显得格格不入。钢琴上一只大小适中的青铜壶里简单地插了几朵早开的玫瑰。新田请三人落座后,回答俊助的提问,告诉他这是医院的温室养的玫瑰。

然后,新田向着初子与辰子,按照俊助事先的委托,简明清晰地解释了精神病学的相关常识。他是俊助的前辈,读高中起,就对专业以外的文学颇感兴趣。因此,他在介绍各种精神病患者的实例时,多次引用尼采、莫泊桑、波德莱尔等人名。

初子专心地听他解释。辰子也是——她虽然一直低着头,但显然也颇感兴趣。俊助打心底羡慕吸引二人目光的新田。不过,新田对二人几乎就是秉公办事的态度,非常冷静。同时,他的条纹西服和素雅的领带也朴实无华,以至于当他说出世纪末的艺术家的名字时,让人觉得匪夷所思。

"不知为何，听你这番解释，我觉得自己也精神不正常了。"

说明告一段落时，初子更加一脸认真地叹着气说。

"不！其实严格意义上，普通正常人和精神病患者之间的界线意外地模糊不清；更别提那些自称天才的人，可以说他们和精神病患者毫无差别。提出这点的正是你所知道的龙勃罗梭。"

"我希望你能够指出他们之前也存在不同。"俊助从旁插话，开玩笑似的提出异议。新田冷淡地看了他一眼：

"有的话我当然会指出，但实际上并无差异，所以只能作罢。"

"不过天才终究是天才，疯子终究是疯子。对吧？"

"这种差异，也存在于夸大妄想症和被害妄想症之间。"

"把这两者混为一谈也太胡来了。"

"不，应该归为一类。的确天才有所作为，而疯子没有作为。但，这是人们赋予他们行为的价值观的差异，并非自然存在的差异。"

俊助知道新田的一贯主张,他与两位女子相视而笑后,便缄口不语了。新田仿佛自嘲自己过于认真,先是咧嘴微微一笑,而后立刻一本正经地环视三人,轻松地从椅子上起身,说:

"那我这就带你们参观参观吧。"

二十六

三人参观的第一间病房里,一位束发的小姐正在专注地弹奏风琴。风琴前面是铁栅栏窗,阳光透过窗户冷冷地照在小姐的瓜子脸上。俊助站在病房门口,看到窗外满开的白色山茶花,总觉得置身于西方修道院中。

"她是长野一位资本家的千金小姐。因为婚事没成,所以发疯了。"

"真可怜!"

辰子细声地喃喃自语。不过,比起同情,初子倒是眼睛发光,充满了好奇心。她目不转睛地盯着小姐的侧脸，说：

"好像只记得弹风琴呢！"

"不只是风琴。这位患者还会画画、裁缝，字写得还特别好。"

新田对俊助说完这些，便丢下三人，安静地走近风琴，可是，小姐好像浑然不知，指尖依旧在琴键上跳动。

"你好。你今天感觉如何？"

新田重复问了两三次。小姐依旧面对窗外的白色山茶花，丝毫没有回头的意思。不仅如此，当新田轻轻地把手搭在她的肩上时，她反应激烈，猛地推开，而手指却分毫不差地在继续弹奏与病房气氛相称的忧郁乐曲。

三人觉得很瘆人，默默地退到门外。

"她今天心情好像不好。别看她现在这样，心情好时，意外地可爱。"

新田关上小姐病房的门，有些失望地说。然后，他又打开面前的房门，

"请看。"他挥手招呼三位客人。

进去一看,这是间像浴室一样铺了水泥的房间。房间的中央,有三个能埋陶罐的大坑,每个坑口都安装了水龙头。其中一个坑里,一位光头的年轻男子从黄色袋子里只露出个脑袋,像棍子一样杵在那里。

"这是抑制患者兴奋的治疗室。他有无端发作的危险,所以就像那样装进袋子里。"

果然,那个男人所在的坑里,水龙头的水如同细细的瀑布,不停地浇在他的光头上。但他苍白的脸上毫无表情,只有放空状的呆滞眼神。俊助克服恐惧,感受到强烈的不快:

"这太残忍了。监狱的差役和精神病院的医生,简直不是人干的。"

"像你这样的理想主义者,曾经还攻击说人体解剖有悖于人道主义呢。"

"那样难道不痛苦吗?"

"当然,既痛苦也不痛苦。"

初子面不改色,冷漠地俯视着坑里的男人。至于辰子——俊助猛地想起转眼看过去时,她的身影早已消失在病房中。

二十七

俊助感到不快，于是撇下初子和新田退到昏暗的走廊。只见辰子背对白墙伫立在那里，茫然无措。

"你怎么了？有些害怕吗？"

辰子抬起水灵灵的双眼，愤愤不平地看着俊助：

"不，太可怜了。"

俊助忍不住微微一笑：

"我感到不愉快。"

"你不觉得很可怜吗？"

"我不知道可不可怜——总之，我不想看到那种人活成那样。"

"你不为那人着想吗？"

"在那之前，我先想到的是自己。"

辰子煞白的脸蛋上浮现出若有若无的微笑：

"你真没有人情味。"

"或许是有点薄情。不过，若是和自己相关的话——"

"那就会尽心尽力？"

这时，新田和初子出来了。

"接下来——去那边的病房看看吧。"

新田好像完全忘记了辰子和俊助的存在，迅速地经过他们面前，朝着远处走廊尽头的房门走去。不过，初子看到辰子的脸，稍微皱起那浓眉，问道：

"怎么了？脸色不好哦！"

"是的。有点头疼。"

辰子边轻声回答边摸了摸额头，又立即像往常一样清晰地说道，

"走吧，没什么。"

三人各怀心事，依次走在昏暗的走廊里。

来到走廊尽头，新田打开房门，回头望着身后的三人，打了个"请看"的手势。这间铺了榻榻米的宽敞病房让人想起了柔道道场。榻榻米上，将近二十名女患者清一色穿着灰色的粗条纹衣服，像杂乱无章的羊群一样在活动。她们沐浴着高高的天窗洒下的阳光。俊助环视着这群疯子，意识到刚才的那种不快又强有力地油然而生。

"大家相处得不错呀。"

初子的眼神像是在观察家畜，她对着身旁的辰子嘟囔道。不过，辰子只是文静地点点头，无言以对。

"怎么样？要进去看看吗？"

新田露出轻蔑的笑容，环顾了三人。

"饶了我吧。"

"我也看够了。"

辰子说完，无可奈何地轻轻叹了口气。

"那你呢？"

初子满面红光，活力四射，娇媚地注视着新田："我要看。"

二十八

俊助和辰子回到了刚才的会客室。一进房间，一缕阳光透过玻璃窗斜斜地洒在钢琴腿上。或许是阳光的蒸晒，花瓶里的玫瑰花也散发出比之前更加沉闷的香甜味。那位小姐的风琴声犹如这所精神病院的叹息声，不时地从走廊对面传过来。

"那位小姐还在弹琴呢!"

辰子站在钢琴前,出神地看着远方。俊助点燃香烟,精疲力竭地坐在钢琴对面的长椅上,自言自语道:

"不过失恋而已,至于发疯吗?"

辰子平静地转头看向俊助:"你认为不会发疯吗?"

"这个嘛——我觉得不会。不过,你会怎么样?"

"我吗?我会怎么样呢?"

辰子自言自语道。她苍白的脸上忽然有了一丝血色,低头看着白布袜,小声地说,

"我不知道。"

俊助叼着金嘴香烟,默然地眺望着辰子片刻,然后故作轻松地说:"你放心。你肯定不会失恋的。不过——"

辰子文静地抬头凝视着俊助的眉宇之间:

"不过什么?"

"或许会让别人失恋。"

俊助意识到自己开玩笑的话语意外地带有认真的口气,同时又为这认真口气令人不快感到难为情。

"别这么说。"

辰子立刻又双眼朝下，然后转过身背对着俊助，轻轻地掀开钢琴盖，敲响了两三个琴键，仿佛要赶走笼罩着二人的带有玫瑰花香的沉默。或许是指尖无力，钢琴只发出微弱的琴声，几乎可以忽略不计。然而，听着这琴声，俊助意识到自己差点就感染上了平日蔑视的感伤主义了。无疑，对他而言这是危险的意识。可是，他内心全然没有摆脱危险的满足感。

不久，初子与新田一起回到了会客室。俊助比以往更加精神饱满地说："怎么样？初子。找到小说原型的患者了吗？"

"嗯。托你们的福。"

初子殷勤地向新田与俊助表示同等的感谢，

"我真的大开眼界。辰子你要是在就好了。有一个可怜的患者，她一直以为腹中有胎儿，孤身一人坐在角落里不停地唱着摇篮曲。"

二十九

初子与辰子说话时，新田轻轻拍了一下俊助的肩膀："喂！我有东西给你看。"说完，转向两位女士说："请你们在这儿休息一下。马上给你们上茶。"

俊助按照新田说的，老老实实地跟他走出了亮堂的会客室来到昏暗的走廊。这次，二人去了和刚才相反方向的宽敞的铺榻榻米的病房。这里和对面大病房一样，有近二十个穿着灰色条纹病号服的男患者在游荡。其中，中央有一个梳中分发的年轻男子，张口流涎，双臂像翅膀一样伸开，跳着奇怪的舞蹈。新田拉着俊助肆无忌惮地走到患者当中，然后抓住一位抱膝而坐的老人：

"怎么样呢？有没有发生什么怪事？"

"有。听说这个月底之前，磐梯山又要炸裂了。为这事，昨晚各路神仙已经齐聚上野了。"老人瞪大糊满眼屎的双目，小声地说道。新田毫不理会他的回答，转身对俊助轻蔑地问道：

"如何？"

俊助只是微笑，没有回应。新田又走到戴镍框眼镜、看似脾气暴躁的男人面前：

"终于缔结和平条约了呀。你今后也该清闲了吧。"

然而，那个男子抬起忧郁的眼睛，恶狠狠地瞪着新田：

"我怎么会闲下来呢？克里蒙梭说什么也不同意我辞职。"

新田与俊助对视后，确认他脸上浮现了笑容，又默默地移步到病房的角落，同一位刚才起一直盯着二人的头发花白风度翩翩的男子说话：

"怎么了？您夫人还没有回来吗？"

"别提了。妻子倒是想回来。——"

那位患者说到一半，忽然向俊助投去狐疑的目光，用瘆人的认真语气说，

"医生，你可是带来个了不得的人。这不就是那个有名的色狼吗？勾引我妻子的——"

"是吗？那我赶紧把他交给警察。"

新田随口附和，再次扭头看着俊助：

"告诉你,这些人死后掏出脑髓,可以看到上面微红的褶皱重合处,附有指尖点大小的蛋清状物质。"

"是吗?"

俊助仍然保持微笑。

"也就是说,磐梯山的炸裂、交给克里蒙梭的辞呈、大学生色狼,都是这蛋清状物质作祟了。甚至连我们的思想和感情等——哎,其他的可想而知。"

新田四下看着前后左右蠕动着的一群患者,自顾自地做出挑衅的手势。

三十

初子和辰子乘坐的开往上野的电车,一侧沐浴着春日的夕阳,静静地驶出车站。俊助摘下学生帽,和车内抓着吊环的两位女子点头致意。她俩都笑了。不过,他尤其觉得辰子直勾勾地望向自己的一双笑眼里洋溢着几分忧郁。刹那间,辰子在古旧的教室门口等待雨停的身影闪电般划过他的脑海。这时,电车已加快速度,窗户内二人的身影也转眼间离开了视线范围。

俊助目送电车远去，内心仍然激情燃烧。他受不了就此坐上开往本乡的电车回到寂寥的二楼住处。于是，在夕阳的余晖中，朝着与本乡相反的方向信步而行。天色渐晚，熙熙攘攘的大街上人流也多了起来。不仅如此，橱窗里、沥青路上以及林荫大道的树梢上，到处都春意渐浓。这就是他当下内心的写照。他走在街头，内心洋溢着妙不可言的喜悦，犹如日落下却未被晚霞映红的天空一般。

等天色完全暗下来时，他在那条大街的一家咖啡店里正在削餐后的苹果。面前的玻璃细颈花瓶里插着一朵百合假花。身后的自动钢琴持续演奏着《卡门》。左右几组客人围坐在白色大理石餐桌前，积极地与打扮漂亮的女服务员谈笑风生。俊助置身其中，回味着流溢于疯人院会客室里慵懒的沉默的午后。温室里的玫瑰、透过窗户的阳光、微弱的琴声、低头的辰子……被甜葡萄酒温暖的俊助内心交替出现这些愉快的场景。不久，一位女服务员端来红茶，俊助思绪被打断，眼神若无其事地离开了苹果。就在这时，店门口的玻璃门正好开了,穿着黑色斗篷的大井笃夫从灯火辉映的大街上慢吞吞地走进来。

"喂!"俊助不由得招呼道。大井一脸诧异,巡视着乌烟瘴气的咖啡店内,很快就发现了俊助。

"嗨!你怎么来这儿了?"大井边问边走到俊助桌旁,斗篷没脱就坐下了。

"这种地方不正是你熟悉的吗?"

俊助边挖苦边瞥了一眼正在和大井眉来眼去的女服务员。

"我是波西米亚式的人,不是你这样的享乐主义者。所有的咖啡店、酒吧乃至小酒馆,都与我相熟。"

大井像是在哪儿喝过酒了。他脸涨得通红,气焰嚣张地说着这些毫无意义的话。

三十一

"不过,就算是熟客,我也不会靠近赊过账的店。"

大井忽然压低嗓音自嘲地说道。随即上半身转向

账台,傲慢地命令道:

"喂!来一杯威士忌。"

"那,不靠近所有的店吗?"

"别看不起人。别看我这样——至少,我到这家店来了。"

这时,个头最小、最年幼的女服务员将威士忌酒杯放到托盘中,小心翼翼地端了过来。她双下巴、大眼睛,脂粉下隐约可见琥珀色的皮肤,是个健康的姑娘。她把满得快要外溢的威士忌酒杯放到桌上时,悄悄地向大井送去亲密的眼神。俊助不禁想起两三天前,在郁文堂戴着土耳其帽的藤泽提到过的大井最近的风流韵事。而大井竟恬不知耻,将通红的脸转向那位女服务员。

"别装模作样了。我来了你要是高兴,就尽管表现出来呀。他是我的好友,叫安田,是位贵族。当然所谓贵族并不是有什么爵位,只是稍微比我有钱而已。我未来的老婆,阿藤,是这家店里最美的。要是你下次再来,请多给她小费。"

俊助点燃香烟,只是笑了笑。不过,这个姑娘倒与这行的女人不太一样。她脸颊泛红,像是单纯地难为情,用对待弟弟的眼神瞪了大井一眼,便甩着花哨的粗绸缎袖兜匆忙地逃回账台。大井目送她的背影,故意放声大笑,随后一口喝了桌上的威士忌。

"怎么样?是个美人吧。"大井以玩笑的口吻寻求俊助的赞同。

"嗯。看上去是个温顺的好姑娘。"

"不是,不是。我说的是阿藤的——阿藤的肉体美。你说的温顺不是精神美吗?那玩意儿对我大井笃夫而言可有可无。"

俊助没有接话茬,一门心思用鼻子呼出埃及卷烟的烟雾。这时,大井伸手越过桌子,从俊助的玳瑁烟盒里抽出一支金嘴香烟。

"你这样的城里人,发现不了那种美,所以不行。"他开始从这种奇怪的方面攻击。

"我当然没有你这种眼光。"

"别开玩笑了。这话我还想说呢。藤泽那家伙说我是唐璜,近来可被你抢尽了风头。怎么样?那两位美人?"

俊助想极力避免在这种场合下谈论这种话题。于是，他对大井的发问充耳不闻，又将话题转向女服务员阿藤。

三十二

"多大了？那个阿藤。"

"芳龄十八，属虎。"

大井又一口喝了新点的威士忌。在椅子上高高地盘起腿。

"从流年来看也没有那么温顺，不过，这事倒无所谓。不管温顺与否，反正都是女人，无趣的人类。"

"不能这么歧视女人。"

"那你尊重女人吗？"

俊助这次也只能微笑着搪塞。大井将第三杯威士忌放在面前，往对方脸上吹烟：

"女人都是无趣的。上至乘小汽车的，下到住贫民区的，合计起来充其量不过十几种。你要是不信，尽管放荡两三年试试，很快便会知晓各种女人，索然无味。"

"那你也觉得无趣吗？"

"无趣？别开玩笑了。不，想讽刺就讽刺吧。我嘴上说着无趣，不也这样追着女人跑？你也许觉得我荒唐。不过，我说无趣也是真话。同时，说有乐趣也是真话。"

大井点了第四杯威士忌。他慢慢收起平日里的傲慢态度，醉眼里闪现着泪光。俊助自然满怀好奇地看着对方的变化。大井毫不在意俊助的看法，接连喝下第五杯第六杯威士忌，语气越来越兴奋：

"所谓有乐趣是指要是不追女人，可真就索然无味了。不过，追过之后，就发现也没啥乐子。你肯定会问那怎样才有乐子呢？怎样才有乐子？我要是知道，就不会这么寂寞了。我始终这么告诉自己。那到底怎样才有乐子呢？"

俊助有点不知所措，开玩笑似的缓和对方的情绪：

"让女人为你着迷呀。这样会不会就有乐趣了？"

大井反而眉眼间更加严肃，对着大理石餐桌猛地一拳：

"不过，在那之前虽然无趣倒也能忍受。一旦女人为你着迷，那就万事皆休了，就失去征服的兴致了，再也不会产生好奇心了。剩下的就只有让人恐惧的极度无趣。女人吧，当关系到了一定程度时必会对男人着迷，事后很难处理。"

俊助不禁被大井的激进言论所吸引：

"那，怎么做才好呢？"

"所以说嘛。这不我也在问怎么做才好。"

大井说着便皱起杀气腾腾的眉头，艰难地一口闷掉了第七或第八杯威士忌。

三十三

俊助沉默了片刻，看着大井指间的金嘴香烟在哆嗦。只见大井将金嘴烟蒂丢进烟灰缸，冷不防地越过桌子抓住俊助的手。

"喂！"他语气迫切。

俊助没有应声，而是抬起诧异的眼神瞄了大井。

"喂。你还记得吧。那晚7点，我在快车窗边朝送行的女人挥舞手帕。"

"当然记得。"

"那你听好了。到前几天为止，我还在和那女人同居。"

俊助感到好奇的同时，又想适时地拒绝酒精作用下的感伤主义。不仅如此，他从刚才开始就对周围客人们投来的狐疑的目光感到不快。于是，俊助边敷衍大井，边示意站在账台旁的阿藤"过来"。不过，还没等阿藤动身，最初接待他的女服务员赶忙来到桌前。

"结账。这位先生的也算一起。"

于是，大井放开俊助的手，双眼饱含泪水，频频盯着俊助的面庞：

"喂！喂！我什么时候叫你结账了？我只喊你听我讲话。听我讲就好了，不愿听的话——对。不愿听的话，你赶紧回去就行。"

俊助结账后，又点上一支烟，露出关怀的微笑：

"我听，我听。不过，我们这么长时间坐着不走，也叫店家为难吧。所以，要不我们先出去，然后再听你说。"

大井终于同意了。不过，刚一起身离开，他醉步蹒跚，完全不像嘴上那样能说会道。

"你可以吗？喂！当心点。"

"别开玩笑。不过是十杯、十五杯威士忌而已——"

俊助护着大井，就差牵着他手，朝入口的玻璃门走去。这时，阿藤已经把玻璃门推到边，神色不安地睁大双眼等着二人出来。她头顶上吊着中国灯笼，在那光线的辉映下显得更加稚嫩。俊助也愈发觉得她美丽动人。然而，大井好像完全没注意到阿藤的存在，在俊助粗壮的手臂搀扶下，一声不吭地走了过去。

"谢谢。"

跟在大井后面出门的俊助，从阿藤的话语中听出了对自己关怀大井的感激之情。他回头看着阿藤，毫不吝啬地送去微笑，以示回应。他俩走到大街上后，阿藤仍然站在明亮的玻璃门前，双手合在白色围裙前，依依不舍地目送他俩远去的背影。

三十四

悬铃木的林荫大道上亮起了路灯，大井靠在俊助的肩上，抓着他的手臂，执着地要继续刚才的话题：

"那你听我说。我知道你嫌烦，但你也得听。"

俊助这次也守约定，不再敷衍了事。

"那女人是个护士。我去年春天扁桃体发炎时——哎。这些细节不说了。总之，我去年春天就和那女人好上了。那你觉得我为何要和她分手？就是因为那女人痴迷于我。又或者说，一个偶然的机会，让我发现她迷恋我。"

俊助不停地留意大井的脚下，踩着路灯下倒映在沥青路上忽长忽短的影子前行。俊助忙于集中动辄被分散的注意力，以便听对方诉说。

"话虽如此，其实也没什么值得一提的。只是，因为有人给我写信，她醋意大发。那时，我仿佛看穿了她心思，顿时就感到厌烦。于是，她以为自己不该吃醋。——不，这也是题外话了。我想和你说的是，那个写信给我的人。"

大井说完酒气熏天地偷看俊助的脸色,

"寄信人虽然写的是个女人,但实际上是我自己。你吃惊吧？我自己也大吃一惊,更别说你了。那我为什么要写那封信呢？因为我想看看那个女人会不会吃醋。"

这次俊助也感觉碰上了某种古怪离奇的东西：

"你真是个怪男人。"

"奇怪吧。我十分清楚,若是知道了她迷恋我,我定会厌烦她。当我讨厌她时,就更加觉得世道无趣；而且,当时我几乎可以肯定她会吃醋。于是,写了那封信。我必须得写。"

"你真是个怪男人。"

俊助在川流不息的人流中,一边呵护着步伐不稳的大井,一边重复说。

"所以,我这人就是这样,为了厌烦女人而迷恋女人。做出无趣的举动是为了更加无趣。可是我内心却一点都不想讨厌女人,一点都不想变得无趣。你说我凄惨不？凄惨吧！没有比这更无奈的了。"

大井好像愈发酒劲上头，感动得说话都带哭腔了。

三十五

不久，两人来到熙熙攘攘的十字路口，在这儿乘坐开往本乡的电车。此处无数的灯火照亮了黑暗的天空，电车、小汽车、人力车等车流从四面八方蜂拥而至。俊助若要带着半醉的大井横穿这个十字路口，就必须同时留意周围喧闹拥挤的人群和大井踉踉跄跄的步伐。

二人好不容易来到对面。而大井毫不在意俊助的担心，立刻找到那条街上的啤酒馆的招牌。

"喂！我们进去喝一杯再走吧。"他随手就要掀开门口绛红色垂帘进店。

"算了吧！你都醉成这样了，差不多就得了吧。"

"哎呀！你别这么说，陪我喝一杯嘛。这次我请客。"

俊助早就醉意全无，可不想继续当大井的酒友，倾听那他特有的恋爱故事。于是，他松开撑着大井后背的手：

"那你自己去喝吧。你请客我也不喝。"

"是吗？那没办法了。我还有事想说给你听呢。"

大井手搭在绛红色垂帘上，稳住脚下沉吟了片刻，然后满嘴酒气凑到俊助的鼻子前：

"你不知道那晚我为何去了国府津吧？那是为了和那个厌倦的女人分手的幌子。"

俊助双手插兜里，呆若木鸡地与大井四目相视：

"啊？！为何？"

"你问为何？首先我在信上写了必须要回乡的理由；其次，不是应当有和女人挥泪告别的悲伤画面吗？那晚在窗边挥舞手帕真是太对了。总之，我那是在演戏。那女人恐怕至今都以为我回老家了。因为有时她寄到我老家的信被转送到现在的住处。"

大井说完，露出自嘲般的微笑，将大手掌搭在俊助的肩上，

"我不认为那副假面永久不会剥落。不过，在剥落之前还是要小心翼翼地伪装好。你不会理解我的。不理解——得了，不说了。简单地说，我哪怕和厌烦

的女人分手，也尽量不让对方痛苦，量力而行哪怕我谎话连篇。不过，并不是我想装好人。我是觉得，为了对方，为了女人，要尽这样一种义务。你觉得矛盾吧，还觉得这矛盾非常离谱吧。不过，我就是这种人。这点你务必要明白。那，告辞了。我亲爱的安田俊助。"

大井做了个奇怪的手势，拍了拍俊助的肩膀，随即掀开垂帘，东倒西歪地走进啤酒店。

"真是个奇怪的男人。"

俊助第三次嘟哝道，他的内心不知是轻蔑还是同情。然后，他朝着车站红色立柱的方向，静静地走过眼花缭乱的俱乐部牌洗面奶广告灯牌。

三十六

俊助回到住处，脱下制服换上了和服，点亮蓝色灯罩的台灯，浏览外出时寄来的信件。其中一封是野村的信，另一封是《城》的当月号，封带上盖有"请赐高见"的印章。

俊助打开野村的来信时模糊地预想，这半纸上大概写的是和他父亲三回忌相关的繁琐家事。但是，读来读去却发现这些事实只字未提。取而代之，通篇都是咏叹家乡的大自然和生活之类的优美文字。矶山满山新叶，而远处海面上翻滚着充满夏日气息的积云。晒在云朵下的采珊瑚的丝网，在刺眼的阳光下熠熠闪光。自己有朝一日也想坐上叔父的渔船，去深海采摘珊瑚。这些文字与其说出自哲学家笔下，倒更像是诗人特有的热烈的抒情。

从这些华丽的辞藻中，俊助体会到了野村当下的心情。这信就是野村对初子抱有的纯真爱情的写照，字里行间蕴藏了温情的喜悦，又传来轻微的叹息，还泛起呼之欲出的泪水。只要领会了那种心情，就能知晓野村眼中的自然与生活，无一不因他自身爱的光环而染上彩虹般的绚丽色彩。新叶、大海、采摘珊瑚，从各种意义来说，无非是超越人世间的客观存在的某种天启。因此，他的这封长信犹如一部《圣经外传》，只有对他质朴的爱情与幸福感同身受，方能理解。

俊助微笑着卷起野村的信，然后打开了《城》杂志的封带。封面是比尔兹利的丹豪瑟，上面印有细红铭文"为艺术而艺术"。翻阅目录，第一篇是藤泽的抒情诗戏剧《褐色玫瑰》，然后是近藤的《费里西安·罗普斯论》，花房翻译的阿那克里翁作品，等等，不胜枚举。俊助极其冷漠地观望了这些标题目录，随后"《倦怠》——大井笃夫"一行文字映入眼帘。俊助的脑海里顿时清晰地浮现出大井的身影，于是他立刻翻开位于卷末的小说。尽管叙述视角是第三人称，其实写的就是大井今晚的告白。

俊助只花了十分钟左右，毫不费力地读完了《倦怠》。又展开野村的信，再次将诧异的目光投向妙笔生花的字里行间。信中野村气势磅礴的爱与小说中大井和盘托出的爱——因一个初子而看到天堂的野村与因众多女人而看到地狱的大井——他们之间的天壤之别究竟源于何处？不，比起这个，谁的爱才是真正的爱？野村的爱是幻象吗？大井的爱是利己主义吗？还是说，他们基于各自的角度而言，都是毫无虚假的爱？而他自己对于辰子的爱呢？

俊助将野村的信与大井的小说并排摆在蓝色灯罩

的台灯下,双手交叉于胸前,坐在书桌前一动不动。

(以上是《路上》的前篇。后篇择日再写。)